Treasury of Classic
Polish Love Short Stories

Bilingual Love Stories from Hippocrene

Treasury of Classic French Love Short Stories
in French and English

Treasury of Classic Polish Love Short Stories
in Polish and English

Treasury of Classic Russian Love Short Stories
in Russian and English

Treasury of Classic Spanish Love Short Stories
in Spanish and English

HIPPOCRENE BOOKS, INC.
171 Madison Avenue
New York, NY 10016

Treasury of Classic Polish Love Short Stories

in Polish and English

Translated and Edited by
Miroslaw Lipinski

HIPPOCRENE BOOKS
New York

For information, contact:
HIPPOCRENE BOOKS, INC.
171 Madison Avenue
New York, NY 10016

Library of Congress Cataloging-in-Publication Data
Treasury of classic Polish love short stories / translated and edited by
Miroslaw Lipinski.
p.   cm.
Stories in Polish with parallel English translations.
ISBN 0-7818-0513-9
1. Love stories, Polish. 2. Love stories, Polish–Translations into
English. I. Lipinski, Miroslaw.
PG7445.E8T74   1997
891.8'5308508–dc21   97-15376
CIP

Printed in the United States of America

CONTENTS

Treasury of Classic
Polish Love Short Stories

Karol Irzykowski
Okno

W pewien wieczór wiosenny ulicą do parku Kilińskiego wiodącą szedł młody człowiek. Celem, a raczej pretekstem jego spaceru był park, w którym spodziewał się obmyślić lepiej kilka przejść muzycznych w swojej niedawno skomponowanej sonacie. Był to bowiem kawałek muzyka. Tą samą ulicą szło dużo pań i panien w modnych estetycznych sukniach; prawie wszystkie wydawały mu się pięknymi, prawie w każdej gotów był się zakochać, gdyby nań która choć okiem mrugneła. One to ciągnęły go za sobą jakby magnetycznie; a on dawał się porywać temu miłemu prądowi i szedł za nimi jakby za zapachem niewidzialnych fiołków.

Wtem nad sobą w otwartym oknie mieszkania parterowego ujrzał dziewczynę — lecz miał czas tyle tylko na razie stwierdzić, że była ładną blondynką i że się nad czymś zamyśliła, gdyż oko jego — w chwili gdy koło niej przechodził — sięgnęło zaraz machinalnie poza nią i zobaczyło głąb dużego eleganckiego salonu. Minąwszy okno, dopiero na zakręcie ulicy uprzytomnił sobie, że tym, co go w postaci owej dziewczyny szczególnie uderzyło,

Karol Irzykowski
The Window

*O*ne spring evening a young man was walking along a street leading to Kilinski Park. This park was the aim, or rather, the pretext of his stroll. There he hoped to think over the several musical passages of his recently composed sonata. He was, after all, something of a composer. Walking along the same street were many ladies attired fashionably in beautiful dresses, and he was ready to fall in love with almost any of them should one even give him a wink. These women held an almost magnetic sway over him, and he willingly gave himself over to this pleasant current, following them as if following the smell of invisible violets.

Suddenly, in an open window of a ground-floor residence, he saw a girl—but he had only enough time to ascertain that she was a pretty blonde and that she was contemplating something, when his eye—at the moment he was passing her—sought instinctively the space beyond her, and he saw the interior of a large, elegant salon. Only when he had passed the window and was at the turn of the street, did he realize that what had

był niezwykły sposób, w jaki oparła głowę na dłoniach, tak że oczy jej nie patrzyły na ciżbę ludzi, lecz jakby w tak zwaną poetycznie ,,dal" bez śladu pospolitej ciekawości. Byłoż to jednak tylko przypadkiem? Aby to sprawdzić, musiałby wrócić... Zawstydził się jednak swojej ciekawości i szedł znowu naprzód, potem przecież powrócił, podszedł ku owemu oknu, lecz swojej nieznajomej już w nim nie zastał.

Wzruszywszy ramionami na znak obojętności, poszedł dalej swoją drogą, a przybywszy do parku, spacerował po odległych ścieżkach przeszło godzinę. Udało mu się upolować upragnioną melodię — był nią zachwycony, duma i energia nim wstrząsnęły.

Poszedł potem do części parku bardziej zapełnionej publicznością, lecz posłyszawszy z daleka orkiestrę grającą w restauracji, oddalił się jak najprędzej w obawie, żeby mu ta muzyka nie zamąciła i nie spospolitowala dźwięków krystalizujących się w jego własnej duszy.

Chciał jak najprędzej spisać je przy fortepianie i postanowił wrócić do domu. Wracając, wybrał naturalnie tę samą drogę, którą przyszedł, ot, żeby ewentualnie mieć w drodze urozmaicenie. Przez urozmaicenie zaś miał na myśli właśnie to okno z piękną nieznajomą, choć zresztą wcale o niej nie marzył. I byłby może przeszedł teraz obok okna bez uwagi, gdyby nie to, że było ono jeszcze otwarte, a w odróżnieniu od innych okien parterowych w pobliżu, które biły światłem, w tym właśnie było ciemno.

Zatrzymał się na chwilę. W głębi salonu ciemność przechodziła w mrok, gdyż przez otwarte drzwi wpadało

particularly impressed him about the girl was the unusual manner in which she rested her head in her hands, so that her eyes were not looking at the crowds of people, but at the so-called "poetic distance," without a trace of ordinary interest. Was this just coincidental? To find that out, he would have to return .... He became embarrassed about his curiosity, however, and once again proceeded onward; but then, after all that, he returned to the window but did not find his mysterious girl there.

Shrugging his shoulders in indifference, he continued on his way, and arriving at the park, he strolled along the bypaths for over an hour. He succeeded in tracking down the desired melody—he was delighted by it; pride and energy were galvanized within him.

Then he approached that portion of the park more frequented by the public, but hearing from a distance an orchestra playing in the restaurant, he walked away as quickly as possible in fear that the music might disturb and taint the sounds crystallizing in his soul.

He wanted to write them down by piano as quickly as possible and decided to return home. On his way back he naturally took the same road he had taken before since it offered a promise of some amusement. By amusement, he had in mind the window with the beautiful girl in it, though she did not occupy his thoughts in the least. And perhaps now he would have passed by the window without paying attention to it, if not for the fact that it was still open, and in contrast to other ground-floor windows,

światło z dalszych pokoi. Ktoś grał na fortepianie. ,,Widocznie zamożni ludzie" — pomyślał sobie kompozytor, patrząc na wierzchołki rozstawionych koło okna egzotycznych roślin i wsłuchując się w dźwięk fortepianu. ,,Cudowny instrument, nadzwyczajny!" — stwierdzał dalej i pomyślał sobie jeszcze, że ten, co grał, gra ,,sympatycznie" —bał się sądzić o jego grze surowiej, bo mogła to być przecież ,,ona". Zaczął już nawet dosłuchiwać się ,,miękkich kobiecych odcieni"; wtem gra ustała, a grająca osoba widocznie oddaliła się, jednak tak jakoś cicho, że wydało mu się jeszcze więcej prawdopodobnym, iż to była owa urocza blondynka.

Gdy tak stał na trotuarze, zrodziła się w nim nagle nieopisana chęć: wdrapać się do tego salonu przez otwarte okno, zasiąść do tego przecudnego instrumentu i zagrać dla ,,niej" swoją sonatę. Na samą jednak myśl o tym, serce gwałtownie bić mu zaczęło, przeraził się własnej zuchwałości i uciekł, lecz potem im bardziej oddalał się od okna, tym mniej bezsensownym i aroganckim wydawał mu się powzięty dopiero co i zaraz porzucony zamiar. ,,Ostatecznie, w najgorszym wypadku — myślał sobie — powiem, że nie mogłem się oprzeć chęci spróbowania instrumentu, oni zaś —jeżeli pojawią się tam jacyś oni — powiedzą, żem wariat, oryginał. Oświadczę im wesoło: >>możecie mnie wyrzucić na powrót przez okno<< i oddam im się na łaskę i niełaskę". Zresztę dość ufał swojej wirtuozowskiej sile i gotów był nią w razie potrzeby zaimponować. W końcu powiedział sobie: ,,Wrócę, a

which were glowing with light, this one was plunged in darkness.

He stopped for a moment. Toward the rear of the salon the darkness turned to dimness, for a light from the rooms beyond shown through an open door. Someone was playing a piano. "Apparently they are well-off," the composer thought, looking at the tops of the exotic plants arranged at intervals about the window and listening intently to the sound of the piano. "A beautiful instrument, excellent," he stated further, thinking, besides, that the person who was playing, played "agreeably"—he feared to judge the playing critically for it could, after all, be "her." He even began to discern "a woman's gentle semi-tones"; then the playing stopped, and apparently the pianist left, but so quietly that it seemed to confirm that this was that bewitching blonde.

As he was thus standing on the sidewalk, an indescribable desire suddenly arose within him to climb up into the salon through the open window, sit down at that wonderful instrument and play his sonata for "her." At the very thought of this, his heart began to palpitate; he was horrified at his own audacity, and he ran away, but later, the more he distanced himself from the window, the less senseless and arrogant the plan he had decided upon and dropped a moment ago seemed. "In the worst case," he thought to himself, "I will say that I couldn't resist the desire to try out the piano, while they—if 'they' turn up—will say that I'm a madman, an eccentric. I'll tell them merrily: 'You can throw me back out the

jeżeli zobaczę, że okno jeszcze nie zamknięte — będzie mi to znakiem, że mam wejść".

Zawrócił więc znowu z drogi, a idąc ku owemu oknu, oddalił myśl o grozie przedsięwzięcia w ten sposób, że wyobrażał sobie, jak będzie dotykał klawiszy, muskanych przez jej paluszki; zdawało mu się nawet, że nie dotknie bezpośrednio samej klawiatury, ale najprzód jakiegoś niewidzialnego szkliwa, że jego palce wgrzęzną mu niby w odrębne jej fluidum i omotają się jak pajęczyną tym, co ona tu nad klawiaturą rozsnuła, a z czego on będzie mógł poznać jej myśli.

Doszedł do okna — było otwarte. Z bijącym na nowo sercem rozważał jeszcze raz swoje postanowienie, poczekał chwilę, aż przejdzie grupa ludzi nadchodzących ze strony przeciwnej. Zimno go owionęło; zapiął więc mocno tużurek na wszystkie guziki, robiąc to jeszcze w tym celu, żeby mu nie przeszkadzał we włażeniu na okno. Opiąwszy się uczuł się gibkim i zwinnym i natychmiast, skoro tylko owi ludzie znikli mu z oczu, wdrapał się na okno i przelazł prędko na drugą stronę, nie zostawiając sobie ani chwili czasu do zawahania się.

Szczęściem jego było, że nie poprzewracał postawionych koło okna wazonów, szczęściem też było, że ani w salonie, ani w sąsiednim pokoju, w którym świeciła się lampa na stole, na razie nie było nikogo. Mimo to po takim wysiłku odwagi ogarnęła go teraz obawa; stał wciąż jeszcze przy oknie, aby natychmiast uciec, w razie gdyby kto drzwi otworzył. W istocie też fakt, że dwa pokoje były puste, musiał być wyjątkowym; najpewniej

window,' and I'll place myself at their mercy." Besides, he had great confidence in his virtuosity and was ready to create an impression in case it would prove necessary. In the end he said: "I will return, and if the window is still open—it will be a sign that I should enter."

So he turned from his way once again, and as he went toward the window, he dismissed the danger of his undertaking by imagining how he would touch the piano keys stroked by her fingers. It even seemed to him that he would not immediately touch the same keyboard but some invisible enamel first, that his fingers would sink into her particular particles, as it were, and get entangled like in a cobweb into what she had spun out on the keyboard, and from that he would be able to come to know her thoughts.

He reached the window. It was open. His heart throbbing anew, he reconsidered his decision; he waited a moment until a group of people coming from the opposite side would pass. A cold wind blew over him, so he completely buttoned up his frock coat, doing this also with the intent that it would not get in his way while he was going through the window. Buttoned up, he felt nimble and agile, and as soon as those people disappeared from sight, not leaving himself even a moment of hesitation, he climbed over the window and was quickly on the other side.

Luckily for him, he did not overturn the potted plants about the window; luckily, too, no one was present at that moment, either in the salon or in the adjoining room, in which a lamp was glowing on a table. Despite this, he was now seized by fear after such an exertion of courage and

część mieszkańców wyszła z domu, może do teatru lub gdzie indziej. Może i jej nie było? Ktoś jednak być musiał, skoro się lampa paliła.

Wtem blisko coś zaszeleściło i owinęło mu się około nóg. Był to kot, który, otarłszy się o niego, wskoczył na krzesełko, stojące przed otwartym jeszcze fortepianem, cicho łapkami przebiegł po klawiszach, budząc kilka dysonansów, a potem wlazł na wierzch fortepianu, gdzie się usadowił na miękkiej poduszeczce i mruczeć zaczął. Jakby zachęcony przez kota, młody kompozytor zbliżył się do instrumentu i dotknął palcami klawiszy, ale bał się przycisnąć. Jego sonata wydała mu się zbyt marną, żeby się nią popisywać jako czymś niesłychanym. Przebierał więc tylko lekutko palcami po klawiszach, tak że zaledwie brzęczały: chciał się rozpędzić, roznamiętnić...

Tymczasem drzwi w sąsiednim pokoju skrzypnęły. Natychmiast uskoczył w bok i zmiarkowawszy w jednej chwili, że nie wykona szybkiego odwrotu przez okno bez przewrócenia wazonów, schował się do ciemnego kąta, przykucnął tam za krzesłem i robił sobie wyrzuty, że skoro już tu wlazł, to dlaczegóż zaraz grać nie zaczął.

Osoba, która go tak spłoszyła, wzięła ze stolu lampę i weszła z nią do salonu. Była to właśnie ta sama dziewczyna, która wyglądała oknem. Postawiła lampę na małym stoliczku tuż obok krzesła, za którym schował się kompozytor, otworzyła kluczem szufladkę i zaczęła szukać. Wtem spostrzegłszy, że okno jeszcze otwarte, zamknęła je i wróciła do stolika szukać dalej. Wyjmowała jakieś papiery czy listy i przerzucała je.

kept standing by the window so that he could immediately get away should someone open the door. It had to be rare for the two rooms to be empty; undoubtedly some of the inhabitants had left the house, perhaps to go to the theater or somewhere else. Perhaps she was out? Someone, though, must have been at home, for the lamp was lit.

Suddenly something near him rustled and coiled around his legs. It was a cat, which, rubbing up against him, sprang up on a little stool that stood before the still-open piano, ran softly across the keys with its paws, awakening a few dissonant notes in the process, and scampered on top of the piano, where it sat on a soft cushion and began to purr. As if encouraged by the cat, the young composer approached the instrument and touched the keys with his fingers, but he feared to press down. His sonata seemed too insignificant to him to flaunt as something stupendous. Therefore, he fingered the keys lightly, so that they barely tinkled: he wanted to gather momentum, to work himself up....

Meanwhile, a door in the adjoining room creaked. He jumped immediately to the side and, realizing in one moment that he would not be able to make it quickly back through the window without overturning the potted plants, hid himself in a dark corner, squatting down behind a chair and reproaching himself that he had not begun to play right away, as long as he had entered the residence.

The person who had startled him took the lamp from the table and entered the salon with it. It was the same girl who had been looking out the window. She placed the lamp on a small table right next to the chair behind

Kompozytor uczuł się złapanym w niemiłą pułapkę, w którą wlazł samochcąc. W tej chwili wszystko mu się innym wydawać zaczęło. Przede wszystkim dziewczyna przestała być dlań uroczym zjawiskiem; owszem, myślał sobie, że to najpewniej pospolita, głupia panna, która go strasznie zbeszta i za drzwi wyjść mu każe. Mówił do niej w duchu: ,,A idźże już raz do diabła, a ja sobie buchnę przez okno, aż się za mną zakurzy''. Zastanowiło go jednak to, że dziewczyna chwilami listy prędko na powrót wsuwała w szufladkę, jakby w obawie przed kimś, co mógł wejść lada chwila, potem zaś uspokoiwszy się, szukała dalej. Znalazła wreszcie jakiś papier, przeczytała, zmięła, schowała za gors, lecz zaraz potem przeczytała raz jeszcze i podarła na drobne kawałeczki jakby w największej irytacji. Potem zaniosła lampę na powrót do drugiego pokoju, wróciła do ciemnego salonu i ukląkłszy przed jednym z foteli, niedaleko schowku kompozytora, zaczęła gorzko plakać.

Fakt taki zdolen był w innych warunkach wzruszyć kompozytora do głębi; w tym wypadku jednak neutralizował tylko w drobnej części jego kłopotliwą sytuację i niecierpliwość, choć wywoływał w nim coś jakby litosne zaciekawienie. Wzbierało w nim ono coraz bardziej, gdy słuchał cichego płaczu dziewczyny. Pomyślał sobie, że gdyby mógł być pewnym, iż ta panienka ma duszę podobną do dziewczyny z I części *Dziadów*, mógłby się teraz nad nią pochylić i po prostu ująć w ramiona, narzucić się na pocieszyciela, którego może ona w tej chwili myślami przywołuje. Atoli

which the composer was hiding, opened a drawer with a key, and began rifling through it. Suddenly, seeing that the window was still open, she closed it and returned to the table to continue her activity. She took out some papers or letters, and went through them.

The composer felt caught in an unpleasant trap, in which he had entered of his own free will. At that moment everything began to change for him. Above all the girl was no longer an enchanting vision; on the contrary, he thought that she was, for sure, a common, stupid girl, who would blow up terribly and order him out the door. He said to her in his imagination: "Ah, go to hell, and I'll dash out the window until the dust will rise after me." He was puzzled, however, by the fact that at times the girl quickly put back the letters into the drawer, as if fearing the entrance of someone at any moment, to then, mind at rest, search further. Finally she found some piece of paper, read it, folded it, and hid it in her bosom, but immediately thereafter she read it once more and tore it into little pieces, as if in great irritation. Then she carried the lamp back to the other room, returned to the dark salon and, kneeling before one of the armchairs, not far from the composer's hiding-place, began to weep bitterly.

Under different circumstances this very fact would have been capable of touching the composer to the quick; in this case, however, it only neutralized his difficult situation and impatience to a certain extent, though it elicited in him something of compassionate interest. This swelled in him more and more, as he listened to the quiet

wstrzymała go — oprócz naturalnej bezpośredniej trwogi —także myśl, że może to list od jakiegoś „niego", np. narzeczonego, a w takim razie on odegrałby w tej sprawie tylko rolę śmiesznego intruza. Bądź co bądź mógłby teraz oto pochylić się nad nią i na przykład tylko pogłaskać po włosach, powiedzieć: „nie placz", a gdy ona się zdziwi, wytłumaczyć jej wszystko, powiedzieć całą prawdę, tym bardziej że mógł liczyć na pobłażliwość u osoby będącej w takim usposobieniu. Mógłby nawet, gdyby jej pierwsze słowa były po temu, zabawić się w „tajemnicze zjawisko", ale musiał to prędko uczynić, póki ktoś trzeci nie wejdzie... Wahał się.

I rzeczywiście, ktoś otwarł znowu drzwi w drugim pokoju i jakiś głos kobiecy zawołał:

— Rysiu!

Rysia milczała.

— Rysiu! czyś nie widziała mego kluczyka od szufladki w saloniku?

— Nie widziałam.

— Kłamiesz! Wzięłaś mi go!

Rysia zerwala się, wyjęła kluczyk z szuflady i krokiem energicznym poszła do drugiego pokoju.

— Skradłaś mi go! — krzyknął ów głos kobiecy.

Kompozytor wstał i z daleka patrzył na tę scenę. Kobieta, która tak szkaradnie posądzała Rysię, była damą starszą od niej, może matką, ciotką lub macochą.

— Tak jest, skradłam go! — rzekła Rysia, rzucając kluczyk na stół — a mama mi jego ukradła!

— Co? co? tak mówisz do matki? masz za to! —

sobbing of the girl. He thought that if she had a soul somewhat similar to the girl in Part One of Mickiewicz's *Forefathers' Eve*, he could lean over and simply take her in his arms, intrude himself upon her as a consoler, whom she was perhaps summoning at that moment in her thoughts. Nevertheless, besides the natural immediate danger, he was also held in check by the thought that perhaps the letter was from some "he," for instance, a fiancé, in which case the only role he could play would be that of a comical intruder. Be that as it may, he could now lean over her and, for instance, merely stroke her hair, saying: "Don't cry," and when she would be surprised, explain everything to her, tell her the whole truth, the more so that he could count on the forbearance of someone in such a mood. He could even, if her first words were of surprise, play the part of a "mysterious vision," but he had to do this soon, while there was still time before a third person would enter.... He hesitated.

And, indeed, someone opened the door in the other room, and a woman's voice called out:

"Rysia!"

Rysia was silent.

"Rysia, did you see my key to the drawer in the salon?"

"I haven't seen it."

"You're lying! You took it from me!"

Rysia sprung to her feet, removed the key from the drawer and with a forceful step went to the other room.

"You stole it from me!" cried out the woman's voice.

The composer rose and looked at the scene from where he stood. The woman who had so execrably suspected

krzyknęła starsza dama i uderzyła Rysię w twarz. Rysia cofnęła się, cała w ogniu, a potem zachwiała się i osunęła na krzesło, jakby bliska zemdlenia. Jej matka czy też macocha — kompozytor różnie się potem domyślał — przestraszona tym widokiem, cofnęła się i wyszła, trzasnąwszy drzwiami. W tej chwili mimowolny świadek tej sceny ujrzał, że w pokoju sąsiednim są jeszcze inne drzwi tapetowane w ścianie, trochę uchylone, przez które szło się — być może do kuchni. Te drzwi przeznaczył w duchu na drogę szybkiej ucieczki, czekał tylko jeszcze, co Rysia ze sobą zrobi. Rysia siedziała podparta na stole, po jej twarzy ciekły łzy. Zaciskała dłońmi skronie i mówiła po cichu:

— Ach! Ach!...

Potem zawzięcie tłumiła łkanie, oparła głowę na lewej tylko dłoni i patrzyła przed siebie.

Wówczas stojącemu już blisko progu kompozytorowi strzeliła do głowy myśl dzika. Nie wypadało mu przejść koło tej bolesnej postaci szybko i ukradkiem, jakby po złodziejsku, lecz należało dostroić się jakoś do sytuacji. Litość jego nad Rysią, wysnute z jej powodu przedtem romantyczne fantazje oraz jego własna niezwykła sytuacja i konieczność dalszej zuchwałości połączyły się w nim teraz w jakiś jeden uroczysty nastrój. Stanął na progu, nie kryjąc już swojej osoby, i założył ręce na piersiach, wyprostowawszy się. Lecz całej tej pozy Rysia nie widziała.

„Przejdę obok niej jak duch" — pomyślał sobie w tej chwili kompozytor.

Rysia was older than she, perhaps her mother, aunt or stepmother.

"That's right, I stole it!" said Rysia, throwing the key onto the table, "but mother stole it from me!"

"What? what? Is this the way you speak to your mother? Take this!" cried the older woman, striking Rysia in the face. Rysia moved back, burning, then staggered and sank down into a chair, as if she were close to fainting. Her mother, or her stepmother—the composer never knew which—became frightened by this sight, drew back and left the room, banging the door after her. At that moment the unintentional witness to this scene saw that in the adjoining room there was another door wallpapered in the wall, slightly open, through which one could exit—perhaps to the kitchen. He designated this door as a means of quick escape, but first had to wait to see what Rysia would do with herself. Rysia sat leaning her elbows on the table, tears running down her face. She clamped her temples with her hands, saying quietly:

"Oh! oh!...."

Then she fiercely suppressed her crying, rested her head just on her left hand, and looked ahead of her.

Meanwhile a wild thought struck the composer, who was already standing near the threshold. It was not proper for him to pass by that suffering figure quickly and furtively, as if he were a thief; one should adjust to the situation. His compassion on Rysia, issuing forth from his previous romantic fantasies about her, as well as his own unusual situation and the necessity of further

Pochyliwszy nieco głowę, przybrał wyraz twarzy niezmiernie smutny i ponury i patrząc nieruchomo w ciemny kąt pokoju jakby w miejsce, w którym miał zniknąć, czedł ciężkim krokiem, nie śpiesząc się zbytnio, ku drzwiom tapetowanym.

Rysia mimo łez w oczach spostrzegła go i podniósłszy raptownie głowę, krzyknęła:

— Kto tu jest?

Gdyby Rysia nie stała za stołem, byłby może w tej chwili albo jaką chustką głowę jej nakrył, albo całusami usta jej zamknął, bo sytuacja stała się nagle bardzo groźną. Porzucił rolę ducha, skoczył do stołu, położywszy palce na swoich ustach, rzucił przestraszonej Rysi hipnotyzujące „pst!", zgasił lampę i w okamgnieniu wypadł przez drzwi tapetowane zamykając je na klucz za sobą. Był teraz nie w kuchni, ale w pokoju, w którym przy stole bębnił zawzięcie lekcję jakiś student w mundurku. Zobaczywszy gościa student zerwał się, zrobił gest, jakby się chciał ukłonić, kompozytor kiwnął mu głową, rzucił mu afisz przedstawienia w Colosseum, znaleziony teraz przy wyjmowaniu kapelusza z kieszeni, i wyleciał czym prędzej przez drugie drzwi, które na szczęście prowadziły wprost na kurytarz.

Tak wyswobodziwszy się z pułapki, miał jeszcze na tyle bezczelności czy też niepotrzebnego wyrachowania, że dla zmylenia pogoni, zamiast szukać wyjścia z kamienicy, wbiegł na jakieś schody prowadzące na pierwsze piętro, tam zatrzymał się, widząc, że już światło na tych schodach zgaszono, i czekał. Zaraz wybiegł ktoś na kurytarz, może

audaciousness, were joined in him now into a single solemn mood. He stood at the threshold, not hiding anymore, and he folded his hands across his chest, straightening himself up. But Rysia did not notice this posture at all.

"I will pass by her like a ghost," the composer thought at that moment.

Lowering his head a little, he assumed an expression of extreme sadness and gloom, and staring in the dark corner of the room, as if at the place where he would disappear, he went with a heavy step toward the wallpapered door without much hurry.

Despite the tears in her eyes, Rysia caught sight of him, and raising her head abruptly, cried out:

"Who's there?"

Had Rysia not been standing behind the table, perhaps he would have covered her head with some kerchief or closed her mouth with kisses at that moment, for the situation suddenly became quite dangerous. He abandoned the role of a spirit, sprang to the table; placing his fingers on her lips, he threw the frightened Rysia a hypnotizing "hush!", dimmed the lamp and in a twinkling he went through the wallpapered door, locking it after himself. Now he was not in the kitchen, but in a room, in which a uniformed student sat by a table strenuously rattling off a lesson. Seeing the intruder the student jumped up, made a motion, as if he wanted to bow; the composer nodded in his direction, threw him a playbill of a performance at the Colosseum, which he found now

ów student, i popędził dalej, zapewne na ulicę, potem wszczął się jakiś harmider, trzaskanie drzwiami, bieganina. Student wrócił z niczym, a widząc w podwórzu stróża wychodzącego w celu zamknięcia bramy na noc, pobiegł ku niemu i zaczął wypytywać:

— Czyście nie widzieli? Był u nas jakiś złodziej, ale uciekł.

Stróż gderał coś pod nosem i kulejąc na prawej nodze, poszedł zamykać bramę, kompozytor zaś po oddaleniu się studenta zbiegł ze schodów, niby jako zamieszkały na którymś piętrze lokator, minął stróża, wypadł przez otwartą jeszcze bramę na ulicę i wreszcie odetchnął swobodnie.

Od tego czasu jednak scena podpatrzona w owym domu nieraz jego myśl zaprzątała. Niebezpieczeństwa swego nie pamiętał, natomiast żałował, że wobec Rysi nie zachował się jakoś inaczej. Chodził nieraz popod okno, ale albo zastawał je zamkniętym, albo — gdy było otwarte — nie można było wejść do środka, bo w salonie zawsze znajdowało się liczne towarzystwo, a zresztą nie mógł już drugi raz zdobyć się na takie szaleństwo. Na razie nie chciał wypytywać o nazwisko rodziny, która tam mieszkała, bo to znaczyłoby być niedyskretnym, lecz spodziewał się ujrzeć jeszcze kiedy Rysię w oknie lub na ulicy. Kochał się w niej kilka dni, a sonatę swoją poświęcił „nieznajomej". Wkrótce potem wyjechał uczyć się do egzaminu państwowego, a Rysia wyleciała mu z serca i pamięci; gdy zaś wrócił do Lwowa i szukał jej,

while he was taking out his hat from his pocket, and rushed out as fast as he could through the other door, which thankfully led directly to the corridor.

Thus extricating himself from the trap, he still had enough audacity or needless calculation, that in order to mislead any pursuit, instead of seeking egress from the building, he ran up some stairs leading to the second floor. Seeing that the light on these stairs had been turned off, he stopped on the second floor and waited. Someone, perhaps the student, immediately ran out into the corridor and hurried on, for certain to the street. Then began an uproar; doors slammed; there was a rushing around. The student returned with nothing, and seeing in the courtyard the caretaker coming out to close the gate for the night, he ran up to him and began to ask questions:

"Did you see anything? There was a thief at our place, but he escaped."

The caretaker grumbled something under his breath and, limping on his right leg, went to close the gate; the composer, on the other hand, ran down the stairs after the student went away, as if he were a tenant living in the building, passed the caretaker, went through the still open gate onto the street, and finally breathed freely.

Since that time, however, the scene he had spied upon in that home preoccupied him and not just once. He forgot about the danger; on the other hand, he regretted that he had not behaved differently toward Rysia. He repeatedly went under the window, but either found it closed, or—if it was open—one couldn't enter inside, for there were

powiedziano mu, że „ci państwo" się wyprowadzili. Dalej sobie trudu nie zadawał.

W rok potem spotkał ją raz w pewnym towarzystwie. Była ze swoim narzeczonym. Przedstawiono jej kompozytora, lecz nie poznała go wcale. To go nieco zabolało i podnieciło. Nieproszony zasiadł do fortepianu, zagrał ową sonatę, a potem rzekł:

— Ta sonata poświęcona jest pewnej nieznajomej osobie za pokazanie mi łez. Wiąże się z tym dość zabawna historia, którą mogę opowiedzieć — jeżeli panie i panowie pozwolą. Zauważam jednak z góry, że nikt z obecnych nie powinien jej brać do siebie; rozmyślnie bowiem zmienię w opowiadaniu kilka głównych szczegółów.

— Dlaczego? Nie zmieniaj pan nic!

— Kto wie? być może, iż nie zmienię, to już tylko ona będzie wiedziała.

— Więc zaczynaj pan!

I autor sonaty zaczął opowiadać:

— W pewien wieczór wiosenny...

always numerous people in the salon, and, anyway, he could not bring himself to such madness again. For the time being he did not want to ask for the name of the family which lived there, for that would have been indiscreet, but he hoped to see Rysia once more, either at the window or on the street. He was in love with her for several days, and he dedicated his sonata to "the mysterious lady." Shortly thereafter he left the city to study for the national exams, and Rysia flew out of his head and mind; when he returned to Lwow and sought her, he was told that "that family" had moved. He didn't trouble himself further.

A year later he met her among some company. She was with her fiancé. She was introduced to the composer but did not recognize him at all. This hurt and flustered him somewhat. Unrequested, he sat down at the piano, played his sonata, and then said:

"This sonata is dedicated to a certain mysterious lady for showing me her tears. An amazing story is connected with this, which I could relate—if you ladies and gentlemen will allow me. But I note from the top that no one present should take the story personally; so I will deliberately change various details of my story."

"What for? Don't change anything!"

"Who knows? Perhaps if I don't change it, she will be the only one to know."

"So, begin!"

And the composer of the sonata began:

"One spring evening.... "

Henryk Sienkiewicz
Lus in Tenebris Lucet

*P*rzychodzą czasem jesienią, zwłaszcza w listopadzie, dni tak wilgotne, ciemne i posępne, że nawet zdrowemu człowiekowi życie się przykrzy. Od czasu jak Kamionka uczuł się niezdrów i przestał pracować nad posągiem „Miłosierdzia", niepogoda taka dokuczała mu więcej od samej choroby. Co rano, zwlókłszy się z łóżka, przecierał spotniałe wielkie okno pracowni i spoglądał do góry w nadziei, że zobaczy choć skrawek błękitnego nieba; ale co rano czekał go zawód. Ciężka ołowiana mgła wisiała nad ziemią; deszcz nie padał, a mimo tego nawet brukowe kamienie na podwórzu wyglądały jak gąbki nasiąkłe wodą; wszystko było mokre, oślizgłe, przejęte na wskroś wilgocią, której pojedyncze krople, spadając z zagięcia rynien, dzwoniły z jakąś rozpaczliwą jednostajnością, jakby odmierzając ów wlokący się leniwie czas smutku.

Okno pracowni wychodziło na podwórze, zakończone z tyłu ogrodem. Trawa za sztachetami zieleniła się jeszcze jakąś chorą zielonością, w której tkwiła śmierć i zgnilizna; ale drzewa z resztkami żółtych liści, o gałęziach czarnych od wilgoci a zarazem nieco zatartych przez mgłę,

Henryk Sienkiewicz
Lux In Tenebris Lucet

*T*here are times in autumn, particularly in November, when such rainy, dark and dreary days arrive that life becomes miserable even for a healthy person. Ever since Kamionka felt ill and stopped working on his statue, "Compassion," such bad weather bothered him more than his own sickness. Each morning, dragging himself out of bed, he rubbed the dew off the large window of his studio and glanced upward in the hope of seeing at least a sliver of blue sky, but each morning disappointment awaited him. A heavy, leaden fog hung over the earth. There was no rain, yet despite this, even the flagstones in the courtyard looked like sponges soaked with water. Everything was wet, slippery, permeated thoroughly with water, single drops of which, falling from eave troughs, resounded with forlorn monotony, as if measuring that sluggish time of sadness.

The window of his studio looked out to the courtyard, which was bounded by a garden. The grass beyond the railing was still green, yet it was a sickly kind of greenness, in which death and decay resided. The trees,

wydawały się już zupełnie obumarłe. Co wieczór rozlegało się między nimi krakanie wron, które z lasów i pól ściągały już na zimowe leże do miasta i z wielkim łopotaniem skrzydeł sadowiły się na nocleg wśród konarów.

Pracownia w podobne dni stawała się tak ponura jak kostnica. Marmur i gips potrzebują błękitu, w takim zaś ołowianym oświetleniu białość ich miała w sobie coś żałobnego; postacie z ciemnej terakoty, tracąc wszelką wyrazistość linij, zmieniały się w jakieś kształty nieokreślone i prawie straszne.

Brud i nieład dodawały smutku pracowni. Na podłodze leżal grubą warstwą kurz, utworzony z rozdeptanych okruchów zeschłej terakoty i z błota naniesionego z ulicy. Ściany były mroczne, przybrane tylko tu i owdzie gipsowymi modelami rąk i nóg; zresztą puste; niedaleko od okna wisiało małe lustro, nad nim czaszka końska i bukiet makartowskich kwiatów, zupełnie poczerniały od kurzu.

W kącie stało łóżko pokryte kołdrą starą i pomiętą, przy nim szafka nocna z żelaznym lichtarzem. Kamionka przez oszczędność nie trzymał osobnego mieszkania i sypiał w pracowni. Zwyczajnie łóżko zasłonione było parawanem, ale teraz parawan był odstawiony w tym celu, by choremu łatwiej było spoglądać w okno, leżące wprost jego nóg, i patrzeć czy się nie wypogadza. Drugie, jeszcze większe okno, wycięte w pułapie pracowni, było tak pokryte zewnątrz kurzem, że nawet w jasne dni wchodziło przez nie światło szare i smutne.

however, with their last yellow leaves and branches black from wetness, and somewhat obliterated by the fog, seemed completely withered. Every evening from those trees came the cawing of crows, who had already migrated to the city from the forests and fields for their winter resting place; and with a great fluttering of wings, they would settle themselves to a night's lodging among the branches.

On days like this the studio was as gloomy as a mortuary. Marble and plaster of Paris need the color blue. In leaden light their whiteness had something mournful about it. Figures in dark terra cotta, losing any detail, were transformed into vague, almost frightful, shapes.

Dirt and disorder added to the sadness of the studio. A thick layer of dust, made of pieces of dried terra cotta trampled underfoot and mud brought in from the street, lay on the floor. The dark walls were adorned, here and there, with models of hands and feet in plaster of Paris; otherwise, they were empty. Not far from the window hung a small mirror, above it the skull of a horse and a bouquet of dried flowers, blackened completely from dust.

In the corner stood a bed covered with an old, crumpled quilt; beside it, a night table with an iron candlestick. In order to save money, Kamionka did not keep a separate residence and slept in the studio. Usually the bed was hidden by a screen, but the screen had been removed temporarily so that the sick man could freely look out the window directly opposite the foot of his bed to see if the weather was clearing up. A second, even larger window,

Nie wypogadzało się jednak. Po kilku dniach ciemności chmury zniżyły się zupełnie, powietrze nasiąknęło do reszty wilgotną, ciężką mgłą i uczyniło się jeszcze ciemniej. Kamionka, który dotychczas pokładał się tylko na łóżku w ubraniu, uczuł się gorzej, więc rozebrał się i położył na dobre.

Właściwie mówiąc, nie był on tyle chory na jakąś określoną chorobę, ile przygnębiony, zniechęcony, wyczerpany i smutny. Ogólne osłabienie ścięło go z nóg. Nie miał ochoty umrzeć, ale też nie czuł w sobie sił do życia.

Długie godziny mrocznego dnia wydawały mu się tym dłuższe, że nie miał przy sobie nikogo. Żona jego umarła przed laty dwudziestu, krewni mieszkali w innej części kraju, a z kolegami nie żył. W ostatnich latach znajomi poodsuwali się od niego, z powodu coraz wzrastającej w nim zgryźliwości. Z początku to jego usposobienie bawiło ludzi, ale następnie, gdy stawał się coraz większym dziwakiem i gdy każdy żart począł w nim budzić długotrwałą urazę, nawet najbliżsi pozrywali z nim stosunki.

Brano mu także za złe, że z wiekiem stał się pobożnym i podejrzewano jego szczerość. Złośliwi mówili, że przesiaduje po kościołach dlatego, by przez stosunki z księżmi wyrobić sobie zamówienia do kościołów. Nie była to zresztą prawda. Pobożność jego nie płynęła może z głębokiej i spokojnej wiary, ale była bezinteresowna.

Co jednak dawało pozory słuszności posądzeniom, to wzmagające się coraz bardziej w Kamionce skąpstwo. Od

cut out of the ceiling in the studio, was so covered with dust from the outside that even on bright days the light that came through it was grey and gloomy.

But the weather did not clear up. After several days of darkness, the clouds descended completely, the air became utterly penetrated with a damp, heavy fog, and it became even darker. Kamionka, who up till now had been lying down on the bed in his clothes, felt worse, so he undressed and lay down for good.

Truthfully speaking, he was not so much sick with a specific illness as disheartened, depleted and sad. A general weakness cut the feet from beneath him. He did not have a desire to die, but he also did not have the strength to live.

The long hours of the dark day seemed even longer to him as he did not have anyone to keep him company. His wife had died twenty years ago, his relatives lived in another part of the country, and he didn't live with his friends. In the last few years his acquaintances had withdrawn from him because of his ever-increasing acrimoniousness. At first his disposition amused people, but later, when he became more and more eccentric and when any joke roused a long-lasting feeling of offense in him, even those nearest to him severed any contact.

People also took it ill of him that with age he had grown devout, and his sincerity was doubted. Malicious tongues said that he went from church to church for the purpose of securing work for the churches through his contacts with the priests. This was not true, however. Perhaps his

kilku lat zamieszkał przez oszczędność w pracowni; żywił się Bóg wie czym i zrujnował sobie zdrowie do tego stopnia, że w końcu twarz jego stała się tak przezroczysta i żółta, jakby była ulepiona z wosku. Ludzi unikał także i dlatego, by czasem nie zażądał kto od niego jakiejkolwiek przysługi.

W ogóle był to człowiek z charakterem zwichniętym, zgorzkniały i nadzwyczaj nieszczęśliwy. A jednak nie była to natura z gruntu pospolita, gdyż nawet wady jego miały właściwe sobie artystyczne cechy. Ci, którzy sądzili, że przy swym skąpstwie musiał zebrać znaczny majątek, mylili się. Kamionka był naprawdę człowiekiem ubogim, albowiem wszystko, co posiadał, wydawał na akwaforty, których miał całą tekę na dnie szafy, a które od czasu do czasu przeglądał i liczył z ostrożnościami i chciwością lichwiarza liczącego pieniądze. Z zamiłowaniem tym ukrywał się jak najstaranniej, może właśnie dlatego, że wyrosło na gruncie wielkiego nieszczęścia i wielkiego uczucia.

Raz, mniej więcej w rok po śmierci żony, zobaczył u antykwariusza stary sztych wyobrażający Armidę — i w twarzy Armidy dopatrzył się podobieństwa do twarzy swej zmarłej. Sztych ten nabył zaraz i od tej pory począł szukać miedziorytów, z początku przedstawiających tylko Armidy, następnie w miarę jak zamiłowanie w nim wzrastało — i wszelkich innych.

Ludzie, którzy stracili istoty bardzo kochane, muszą zaczepić życie o byle co, inaczej nie mogliby istnieć. Co do Kamionki, nikt by się nie domyślił, że ten podstarzały

piety did not flow from a deep and calm faith, but it was unselfish.

What lent outward credence to these suspicions, however, was Kamionka's every-increasing parsimony. For several years, for reasons of economy, he had lived in his studio; he ate God knows what and ruined his health to such an extent that eventually his face became so transparent and yellow that it looked molded from wax. He also avoided people so that no one would have occasion to demand a favor of him.

In general, he was a man of broken character, embittered and unusually unhappy. And yet his was not a common nature, for even his defects had genuine artistic traits. Those who judged that he had acquired a considerable fortune through his stinginess were mistaken. Kamionka was, in truth, poor, for everything that he possessed he spent on etchings, of which he had an entire portfolio full at the bottom of his cabinet and which he looked at from time to time, counting the etchings with the care and covetousness of an usurer counting money. This passion he concealed carefully, perhaps because it grew out of great misfortune and deep feeling.

One day, about a year after his wife's death, he saw in an antiquary an old engraving representing Armida, and in the face of Armida he detected a likeness to his deceased wife. He bought the engraving immediately, and from that time he sought copperplates, at first those

dziwak i egoista kochał niegdyś nad życie swoją żonę. Prawdopodobnie też, gdyby nie była umarła, życie jego popłynęłoby pogodniej, szerzej i bardziej po ludzku. Bądź co bądź miłość ta przeżyła w Kamionce i jego szczęśliwe czasy, i jego młodość, i nawet jego talent.

Pobożność, która z biegiem lat zmieniła się w nim na zwyczaj, polegający na zachowywaniu form zewnętrznych, wypłynęła również z tego samego źródła. Kamionka, nie należąc do ludzi głęboko wierzących, począł jednak po śmierci żony modlić się za nią, bo mu się zdawało, że to jest jedyna rzecz, którą może dla niej uczynić, i że w ten sposób jeszcze go jakaś nić z nią łączy.

Natury pozornie zimne umieją często kochać i nader mocno, i trwale. Po śmierci żony całkowite życie Kamionki i wszystkie jego myśli owinęły się koło wspomnienia o niej i czerpały z niego pokarm, zupełnie jako pasożytna roślina czerpie pokarm z pnia, na którym żyje. Ale z tego rodzaju wspomnień roślina ludzka może czerpać tylko zatrute soki, złożone z żalu i ogromnego zmartwienia, więc też i Kamionka zatruwał się, krzywił i marniał.

Gdyby nie był artystą, prawdopodobnie nie przeżyłby swej straty, ale powołanie ocaliło go w ten sposób, że po śmierci żony począł rzeźbić dla niej pomnik. Próżno żywym mówić, że dla umarłych wszystko jedno, w jakich grobach leżą. Kamionka chciał, by jego Zosi było tam pięknie — i pracował nad jej pomnikiem tyle samo sercem, ile rękoma. To sprawiło, że przez pierwsze pół

representing only Armida, then, as his passion grew, all others.

Those who have lost someone much beloved by them have to latch onto something, or else they cannot exist. As to Kamionka, no one would have thought that this aging eccentric and egoist loved his wife more than life itself. It is likely, moreover, that had she not died, his life would have flowed more calmly, broadly and more like a normal human being's. All the same, this love outlived Kamionka's happy days, his youth, and even his talent.

His piety, which with time had turned into a habit relying on the preservation of external forms, stemmed likewise from the same source. Never a man of deep faith, Kamionka began to pray for his wife after her death, for it seemed to him that that was the only thing he could do for her and, moreover, still be connected to her in some way.

Natures apparently cold are able to love, and quite strongly and enduringly at that. After the death of his wife, Kamionka's entire life and all his thoughts revolved around her memory and drew nourishment from it, just like a parasitic plant draws nourishment from the tree on which it lives. But from these types of memories the human plant can only draw poisonous juices made of sorrow and enormous despair, and so Kamionka also poisoned himself, and he became distorted and wasted away.

Had he not been an artist, he might not have survived his loss, but his calling saved him, for after the death of

roku nie dostał pomieszania zmysłów i że zżył się z rozpaczą.

Człowiek pozostał zwichnięty i nieszczęśliwy, ale sztuka ocaliła artystę. Od tej pory Kamionka istniał przez nią. Ludzie, którzy po galeriach przypatrują się obrazom i posągom, nie domyślają się, że artysta może służyć sztuce uczciwie lub nieuczciwie. Pod tym względem Kamionka był bez zarzutu. Nie miał on skrzydeł u ramion, posiadał tylko talent nieco wyższy nad średnią miarę i może dlatego sztuka nie zdołała mu ani wypełnić życia, ani wszystkich strat nagrodzić — ale ją głęboko szanował i zawsze był względem niej szczery. Przez długie lata swego zawodu nie oszukał i nie ukrzywdził jej nigdy ani dla sławy, ani dla pokupu, ani dla pochwał, ani dla przygan. Tworzył zawsze tak, jak czuł. Za swych szczęśliwych czasów, gdy żył jak każdy inny człowiek, umiał rozpowiadać o sztuce rzeczy zupełnie powszednie, a i potem, gdy już poczęto od niego stronić, rozmyślał nieraz o niej w swojej samotnej pracowni w sposób uczciwy i wysoki.

Czuł się ogromnie opuszczony, ale nie było w tym nic dziwnego. Stosunki ludzkie muszą mieć jakąś średnią modłę, na mocy której ludzie wyjątkowo nieszczęśliwi bywają z życia wyłączani. I z tej samej przyczyny porastają tak dziwactwem i wadami, jak kamień wyrzucony z potoku porasta mchem, gdy przestanie ocierać się o inne. Teraz, gdy Kamionka zachorował, żadna żywa dusza nie zajrzała do jego pracowni z wyjątkiem posługaczki, która dwa razy dziennie

his wife he began to sculpt a monument to her. It is useless to tell the living that it makes no difference to the dead in what graves they lie. Kamionka wanted it to be beautiful for his Zosia there—and he worked on her monument as much with his heart as with his hands. The result was that in the first half year he did not go mad and he became accustomed to his despair.

This person remained distorted and unhappy, but art saved the artist. From that moment, Kamionka existed through his art. People who look at paintings and statues in galleries do not have an inkling of the fact that an artist can serve his art honestly or dishonestly. In this regard, Kamionka was beyond reproach. He had no wings on his shoulders, his talent was slightly above the average; perhaps that is why art could not make his life complete or compensate for all he had lost—but he respected it deeply and was always sincere in regard to it. During the long years of his profession he did not deceive nor wrong it, either for fame, or profit, or praise, or rebuke. He always created what he felt. In happier days, when he lived like other people, he was able to talk at length on the subject of art with uncommon skill, and later, when people began to shun him, he reflected many times about it in his lonely studio in a sincere and lofty manner.

He felt greatly abandoned, but that was to be expected. People's relations need some common ground, on the strength of which persons exceptionally unhappy are cut off from life. And for that same reason they are covered with as much strangeness and defects as a stone thrown

przychodziła nastawić i podać mu herbatę. Za każdym przyjściem radziła mu, aby wezwał lekarza, lecz on, bojąc się wydatku, nie chciał się na to zgodzić.

Na koniec zesłabł bardzo, może dlatego, że nic nie brał do ust prócz herbaty. Ale on do niczego nie miał już ochoty, ani do jedzenia, ani do pracy, ani do życia. Myśli jego były tak zwiędłe, jak owe liście, na które spoglądał przez okno, i odpowiadały zupełnie tej jesieni, tej słocie i tym ołowianym ciemnościom. Nie ma gorszych chwil na świecie nad takie, w których człowiek czuje, że czego miał dopełnić, to już dopełnił, co miał przeżyć, to przeżył, i że mu się już nic w życiu nie należy. Kamionka od lat blisko piętnastu żył w ciągłym wewnętrznym niepokoju, że jego talent wyczerpuje się. Obecnie był tego pewien i z goryczą myślał, że nawet i sztuka go opuszcza. Czuł przy tym wyczerpanie i znużenie w każdej kości. Nie spodziewał się rychłej śmierci, ale nie wierzył w swój powrót do zdrowia. W ogóle nie było w nim ani jednej iskry nadziei.

Jeśli sobie jeszcze czegoś teraz życzył, to chyba tego, by się wypogodziło i by słońce zaświeciło w pracowni. Sądził nawet, że w takim razie nabrałby może jakiejkolwiek otuchy. Zawsze był on szczególnie wrażliwy na słotę, ciemności, zawsze takie dni powiększały jego smutek i pognębienie, a cóż dopiero teraz, gdy ów czas, jak go Kamionka nazywał: beznadziejny, przyszedł w towarzystwie choroby!

Co rano też, gdy posługaczka przychodziła z herbatą, Kamionka pytał:

— A nie przeciera się tam gdzie po brzegach?

from the torrent is covered with moss when it ceases to rub against others. Now, when Kamionka became ill, not a living soul looked into his studio, with the exception of the charwoman who came twice a day to prepare and serve tea. Each time she arrived, she advised him to call a doctor, but he, fearing the expense, did not consent to this.

Finally, he became very weak, perhaps because he did not take anything into his mouth except tea. But he had no desire for anything by now, either for eating, or work, or life. His thoughts were as withered as the leaves he saw through the window, and they suited perfectly the autumn, the bad weather and the leaden darkness. There are no worse moments in life than those in which a man feels that what he had to accomplish he has already accomplished, what he had to experience, he has already experienced, and that he has nothing to look forward to in life. Kamionka had lived almost fifteen years in continual fear that his talent would exhaust itself. Now he was certain of it and thought with bitterness that even art was deserting him. At the same time he felt exhausted and weary in every bone of his body. He did not expect an early death to come soon, but he did not believe he would regain his health. In general, there was not an ounce of hope in him.

If he wished for anything now, then perhaps it was that it would clear up and that the sun would shine into his studio. He even thought that if this happened, his spirits might be lifted somewhat. He had always been particularly sensitive to bad weather, darkness; such days

— Ale! — odpowiadała stróżka — mgła taka, że człowiek człowieka nie widzi.

Chory usłyszawszy odpowiedź przymykał oczy i pozostawał długie godziny bez ruchu.

Na podwórzu było ciągle cicho, tylko krople deszczu dzwoniły równo i jednostajnie w rynnach.

O godzinie trzeciej po południu robiło się już tak ciemno, że Kamionka musiał zapalać świecę. Z powodu osłabienia przychodziło mu to z niemałą trudnością. Naprzód, nim sięgnął po zapałki, namyślał się czas dłuższy; potem wyciągał leniwie ramiona, których chudość, widoczna przez rękawy koszuli, napełniała go jako rzeźbiarza wstrętem i goryczą; potem, zapaliwszy światło, wypoczywał znów nieruchomie, aż do wieczornego przyjścia stróżki, słuchając z przymkniętymi oczyma kropel dzwoniących w rynnach.

Dziwnie wówczas wyglądała pracownia. Płomień świecy oświetlał łóżko i leżącego w nim Kamionkę, zbierając się w błyszczący punkt na jego czole, obciągniętym skórą suchą i żółtą, jakby wypolerowaną. Reszta izby pogrążała się w mroku, który z każdą chwilą czynił się gęstszy. Ale w miarę jak na dworze ciemniało, posągi stawały się coraz różowsze i nabierały życia. Płomień świecy to zniżał się, to podnosił, a w tym drgającym blasku i one zdawały się to zniżać, to podnosić, zupełnie tak, jakby wspinały się na palce chcąc lepiej spojrzeć w wychudłą twarz rzeźbiarza i przekonać się, czy ich twórca żyje jeszcze.

I rzeczywiście była w tej twarzy pewna nieruchomość

always deepened his sadness and depression. And what about now, when this "time of hopelessness," as Kamionka called it, came in conjunction with his illness!

And so each morning, when the charwoman brought tea, Kamionka asked:

"Is it clearing up a bit?"

"Ha!" the caretaker would reply, "the fog is so thick that you can hardly see your own hand in front of you."

Hearing this, the sick man would close his eyes and remain motionless for a long time.

Outside it was always quiet, save for the drops that rang evenly and monotonously in the gutters.

At three o'clock in the afternoon, it would become so dark that Kamionka was forced to light a candle. Because of his weakness, he did this with some difficulty. First, before he reached for the matches, he reflected a long time; then he would lethargically extend his arm, whose thinness, visible through his shirt-sleeves, filled him, as a sculptor, with repugnance and bitterness; later, after lighting the candle, he would rest again without moving, until the arrival of the caretaker in the evening, listening all the while, eyes closed, to the drops ringing in the gutters.

His studio looked strange then. The flame of the candle lit up the bed and the man in it, converging in a shiny point on his forehead, the skin dry and yellow as if polished. The rest of the room was plunged in darkness, which became deeper with every minute. But as it grew dark outside, the statues became more rosy and acquired

śmierci. Ale kiedy niekiedy sinawe usta chorego poruszały się lekkim ruchem, jakby się modlił albo jakby klął swoje opuszczenie i te utrapione krople wilgoci, które zawsze tak samo równo i jednostajnie odmierzały mu godziny choroby.

Pewnego wieczoru stróżka, przyszedłszy nieco pijana, zatem rozmowniejsza niż zwykle, rzekła:

— Na mojej głowie tyle roboty, że ledwie dwa razy w dzień mogę zajrzeć. Wziąłby ot sobie panisko zakonnicę, bo siostra i nic nie kosztuje, i najlepiej choremu wygodzi.

Kamionce podobała się ta rada, ale jak zwykle ludzie zgryźliwi miał zwyczaj sprzeciwiać się zawsze temu, co mu doradzano, więc się nie zgodził.

Jednakże po odejściu stróżki począł o tym rozmyślać. Siostra miłosierdzia!... prawda! Nic nie kosztuje, a jaka przy tym pomoc i wygoda! Kamionka, jak każdy chory pozostawiony samemu sobie, doznawał mnóstwa przykrości i walczył z tysiącami małych nędz, które mu równie dokuczały, jak go niecierpliwiły. Nieraz leżał z głową przekrzywioną niewygodnie po całych godzinach, nim się zebrał na poprawienie sobie poduszki; nieraz w nocy robiło mu się zimno i byłby dał Bóg wie co za szklankę gorącej herbaty; ale jeśli zapalenie świecy przychodziło mu z trudem, jakże mu było myśleć o zagotowaniu sobie wody? Siostra miłosierdzia czyniłaby to wszystko ze zwykłą siostrom łagodną skwapliwością. O ileż lżej chorować przy takiej pomocy!

Biedaczysko doszedł wreszcie do tego, że o chorobie w takich warunkach począł myśleć jak o czymś poż++danym

life. The flame of the candle now sank, now rose, and in this flickering light the statues also seemed to sink, to rise, exactly as if they were standing on tiptoe to get a better look at the emaciated face of the sculptor to ascertain if their creator was still alive.

And, indeed, in that face there was a certain immobility of death. But then from time to time the blue lips of the sick man would move slightly, as if he were praying or cursing his abandonment and those insufferable drops of water which always measured his hours of sickness with the same uniform monotony.

One evening the caretaker, arriving a little drunk and therefore more talkative than usual, said:

"I've got so much work to do that I've really no time to look in on you twice a day. You should get a nun to look after you. As a sister she costs nothing and knows better how to deal with a sick man."

Kamionka liked the idea, but like all acrimonious people, he had the habit of always opposing whatever advice was given him, and so he would not agree.

Nevertheless, after the caretaker left, he began to think the idea over:

"A Sister of Charity! True! She costs nothing, and what aid and comfort she could give!"

Kamionka, like every sick man left to himself, experienced great distress and fought with a thousand little miseries which annoyed him as much as they made him impatient. Many a time he would lie for hours with his head in a bad position before he would collect himself

i pomyślnym i dziwił się w duszy, że nawet dla niego takie szczęście jest dostępne.

Zdawało mu się także, że gdyby siostra nadeszła i wniosła z sobą trochę wesołości i otuchy do pracowni, to może wypogodziłoby się także i na dworze i te dzwoniące krople wilgoci przestałyby go prześladować.

Zdjął go w końcu żal, że od razu nie zgodził się na radę stróżki. Zbliżała się noc długa i posępna, a stróżka miała do niego zajrzeć dopiero następnego rana. Teraz zrozumiał, że ta noc będzie dla niego cięższa niż wszystkie poprzednie.

Potem przyszło mu do głowy, jaki jednak wielki z niego łazarz — i w przeciwstawieniu do dzisiejszej nędzy, dawne, szczęśliwsze lata życia stanęły mu jakby żywe przed oczyma. A jak przed chwilą myśl o zakonnicy, tak teraz wspomnienie o owych latach połączyło się znów w ten sam dziwny sposób w jego osłabionym mózgu z pojęciem słońca, światła i pogody.

Począł rozmyślać o swojej zmarłej i rozmawiać z nią, jak to miał zwyczaj zawsze czynić, gdy mu było bardzo źle. W końcu zmęczył się, uczuł, że słabnie i usnął.

Świeca, stojąca na szafce nocnej, dopalała się zwolna. Płomień jej z różowego stał się błękitny, potem błysnął mocno kilkakroć i zgasł. Ciemność zupełnie objęła pracownię.

A tymczasem na dworze krople wilgoci spadały wciąż równo i tak posępnie, jakby przez nie dystylował się mrok i smutek całej natury.

Kamionka spał długo lekkim snem, lecz nagle zbudził

to adjust his pillows; many a time he was cold and would have given God knows what for a cup a hot tea. But if lighting a candle came with difficulty for him, how could he even think about boiling some water? A Sister of Charity would do all this with the gentle willingness typical of nuns. Oh, how much easier would it be with such help!

Eventually the poor man came to think of sickness under such conditions as something welcome and good, and was amazed that such happiness was accessible to him.

It also seemed to him that if the sister were to come and bring with her a little joy and good cheer to the studio, then perhaps it would clear up outside and those ringing drops of water would cease to persecute him.

He came to regret that he had not accepted the caretaker's advice right away. The long and gloomy night was approaching, and he would have to wait for the morning until the caretaker would look in on him next. He realized that this night would be worse than all the others.

Later it came to his head how truly wretched he was, and in contrast to his present destitution, the old happy years stood out as if they were alive. And just as he had thought a moment ago about the sister, so now the memory of those years was once again connected in his weakened mind, in the same strange manner, with the idea of sun, light and fine weather.

He began to think of his dead wife, and to speak to her,

się z jakimś dziwnym wrażeniem, że coś niezwykłego się dzieje w pracowni. Na świecie był brzask. Marmury i gipsy poczęły się bielić. Szerokie, weneckie okno, leżące wprost łóżka, nasiąkało coraz bardziej bladym światłem. W tym oświetleniu ujrzał Kamionka jakąś postać siedzącą przy łóżku.

Otworzył szeroko oczy i wpatrzył się w nią: była to siostra miłosierdzia.

Siedziała ona nieruchomie, zwrócona nieco ku oknu i z głową pochyloną. Ręcę jej były złożone na kolanach — i zdawała się modlić. Chory nie mógł dojrzeć jej twarzy; widział natomiast wyraźnie biały jej kornet i ciemny zarys ramion, trochę wątłych.

Serce poczęło mu bić jakoś niespokojnie, a przez głowę przemknęły pytania:

— Kiedy stróżka mogła sprowadzić tę siostrę, i jak ona tu weszła?

Następnie pomyślał, że może z osłabienia coś mu się wydaje i przymknął oczy.

Lecz po chwili otworzył je znowu.

Siostra siedziała zawsze na tym samym miejscu, nieruchoma, jakby pogrążona w modlitwie.

Dziwne uczucie, złożone z przestrachu i z wielkiej radości, poczęło podnosić włosy na głowie chorego. Coś ciągnęło jego wzrok z niepojętą siłą ku tej postaci. Zdawało mu się, że ją już niegdyś widział, ale gdzie i kiedy? — nie pamiętał. Chwyciła go niepohamowana chęć zobaczenia jej twarzy, ale biały kornet zasłaniał ją. Kamionka zaś, sam nie wiedząc dlaczego, nie śmiał ani

as he had the habit of always doing when he was in a bad way. Finally, he tired himself out, felt that he was weakening, and fell asleep.

The candle, standing atop the night table, was burning slowly. Its rosy flame turned blue, then it flashed brightly, and expired. Complete darkness enveloped the room.

Meanwhile the drops of water outside continued to fall evenly and so gloomily as if through them were distilled the darkness and sadness of all of nature.

Kamionka slept long and lightly, but he awoke suddenly with a strange impression that something unusual was happening in the studio. It was dawn in the world. The marbles and plasters of Paris were beginning to whiten. The wide Venetian window opposite his bed was becoming filled with a pale light.

In this light Kamionka saw a figure sitting by his bed.

He opened his eyes fully and fixed his eyes on her: it was a Sister of Charity.

She sat motionless, turned slightly to the window, head lowered. Her hands were joined together on her knees—she seemed to be praying. The sick man could not see her face; instead, he clearly saw her white cornet and the dark outline of her rather frail shoulders.

His heart began to beat somewhat nervously, and questions began to flash through his mind:

"When could the caretaker have brought this sister? How did she get in?"

Then he thought that perhaps he was imagining things because of his weakness, and he closed his eyes.

odezwać się, ani poruszyć, ani prawie odetchnąć. Czuł tylko, że uczucie strachu a zarazem radości obejmuje go coraz silniej, i ze zdumieniem pytał sam siebie: co to jest?

Tymczasem rozwidniło się zupełnie. I co za cudny poranek musiał tam być na dworze! Nagle bez żadnych przejść weszło do pracowni światło tak mocne, jasne i radosne, jakby to była wiosna i maj. Fale złotego blasku, wzbierając jak powódź, porzęły wypełniać izbę, zalewać ją tak potężnie, że marmury utonęły i rozpuściły się w tej jasności, ściany zlały się z nią, potem znikły zupełnie — i Kamionka znalazł się jakby w jakiej świetlanej przestrzeni bez granic.

Wtem spostrzegł, że i kornet na glowie zakonnicy poczyna tracić swą białą sztywność, drga po brzegach, topnieje, rozpływa się jak jasna mgła i zmienia się także w światło.

Zakonnica zwróciła zwolna twarz ku choremu — i nagle ów opuszczony nędzarz ujrzał w świetlanej aureoli znajome, stokroć ukochane rysy swej zmarłej.

Wówczas zerwał się z łóżka, a z piersi jego wydarł się krzyk, w którym były całe lata łez, żalu, zmartwienia i rozpaczy:

— Zosia! Zosia!

I chwyciwszy ją tulił do siebie, a ona również zarzuciła mu ręce na szyję.

Światło napływało coraz więcej.

— Nie zapomniałeś o mnie — rzekła wreszcie — więc przyszłam i uprosiłam ci śmierć lekką.

Kamionka wciąż trzymał ją w ramionach, jakby w

After a moment he opened them again.

The sister was still sitting in the same place, motionless, as if sunk in prayer.

A strange feeling made up of fear and great joy began to raise the hair on the head of the sick man. Some incomprehensible force drew his eyes to that figure. It seemed to him that he had seen her somewhere before, but where and when? He could not remember. He was seized by an irresistible urge to see her face, but the white cornet concealed it. Kamionka, without knowing why, did not dare to speak or move, or almost even breathe. He only felt that the sensation of fear and joy was possessing him more and more, and he asked with astonishment: "What is this?"

Meanwhile the day broke completely. And what a beautiful morning it must have been outside! Suddenly, without any source, there came into the studio a light so strong, bright and joyous that it seemed to be spring and May. Waves of golden radiance, rising like a flood, began to fill the room to such an extent that the marbles were drowned and dissolved in that brightness; the walls became drenched with it and then disappeared altogether—and Kamionka found himself in what seemed a limitless bright space.

Then he noticed that the cornet on the head of the sister began to lose its white stiffness. It quivered along the edges, melted, dissolved like a clear mist and also changed into a light.

Slowly the nun turned her face to the sick man—and

obawie, że błogosławione widzenie zniknie mu razem z tym światłem.

— Jam gotów umrzeć — odpowiedział — byleś została przy mnie.

Ona uśmiechnęła się do niego anielskim uśmiechem i, odejmując jedną rękę z jego szyi, wskazała nią na dół i rzekła:

— Tyś już umarł: patrz tam!

Kamionka spojrzał w kierunku jej ręki i hen, pod stopami, ujrzał przez okno w pułapie wnętrze swej pracowni mrocznej, samotnej; w niej na łóżku leżał jego własny trup z szeroko otwartymi ustami, które w wyżółkłej twarzy tworzyły jakby czarną jamę.

I patrzał na to wychudłe ciało jak na rzecz obcą. Zresztą po chwili poczęło mu wszystko ginąć z oczu, bo owa otaczająca ich jasność, jakby popychana zaświatowym wiatrem, szła gdzieś w nieskończoność...

suddenly that forsaken beggar saw in the bright aureole the familiar, most beloved features of his dead wife.

Then he sprang from his bed, and from his breast came a cry which contained all the years of tears, sorrow, anxiety and despair:

"Zosia! Zosia!"

And grasping her, he hugged her, and she likewise threw her arms about his neck.

The light increased.

"You did not forget about me," she said finally, "so I've come and entreated an easy death for you."

Kamionka continued to hold her in his arms, as if in fear that the blessed vision would disappear along with that light.

"I am ready to die, as long as you stay with me," he replied.

She gave him an angelic smile, and removing one arm from around his neck, pointed downward, and said:

"You are already dead. Look!"

Kamionka looked to where she was pointing and there, a distance away, under their feet, he saw his dark, lonely studio through the window in the ceiling; inside, lying on the bed, was his own corpse with wide open lips, which in the yellowed face created what seemed a black cavity.

And he looked upon that emaciated body as something foreign. After a while, everything began to disappear before his eyes, because the brightness that enveloped them, as if driven by a wind from the beyond, went off somewhere into infinity....

Tadeusz Rittner
Ja Ją Znam

Podczas mego pierwszego pobytu w Amsterdamie byłem bardzo szczęśliwy. Dlatego mogę powiedzieć, że Amsterdam należy do najpiękniejszych miast w Europie. Miałem nawet pieniądze, chociaż nie przypominam sobie skąd. Zdarzyło mi się pierwszy raz w życiu, że przechodząc przez jakąś ulicę powiedziałem sobie, że tu chciałbym mieszkać, a już na drugi dzień rzeczywiście tam zamieszkałem. Powodem mego dobrego humoru była między innymi wolność, która jednak trwała tylko sześć tygodni.

Otóż patrzyłem wieczorem przez okno i myślałem o tym i owym. Nie wiem, czy stary dom, stojący naprzeciw, miał dwa czy trzy piętra. Ale to wiem, że na najwyższym piętrze mieszkał smutny pan w okularach i z brodą, która nie była właściwie siwa, tylko czarna i biała. Widziało się obok siebie dwa prądy; na jednej brodzie starość i młodość.

W jego pokoju było zawsze ciemno; może robił oszczędności na sztucznym świetle. A siedział może dlatego przy oknie, że bał się siedzieć w ciemnym pokoju.

Tadeusz Rittner
I Know Her

*D*uring my first stay in Amsterdam I was very happy. That is why I can say that Amsterdam is one of the most beautiful cities in Europe. I even had money, though I cannot remember from where. For the first time in my life I found myself in the position of walking along a street, saying to myself that I would like to live here, and the next day making that dream a reality. One reason for my good mood was my freedom, which lasted only six weeks, however.

In the evenings I would look out of my window, thinking about this and that. I do not know if the old building opposite me had two or three floors. But I do know that on the top floor lived a lonely man. He wore glasses and had a beard, which was not really grey, but black and white. One saw two currents near each other; on one beard were both old age and youth.

It was always dark in his room. Perhaps he was saving money by not using artificial light. And perhaps he sat by the window because he feared sitting in a dark room. Quite understandable. Though it seems to me that it is much

Bardzo to dobrze rozumiem. Chociaż wydaje mi się, że musi być o wiele nieprzyjemniej patrzeć na jasną ulicę, gdy się czuje za sobą ciemny pokój. Pewny jestem, że ma się jakiś niemiły dreszcz na plecach. Dlatego u mnie świeciła się lampa.

Za to pan z przeciwka trzymał sobie zapewne małpę albo papugę, albo jakieś inne zabawne zwierzę. Bo siedząc przy oknie, czasem, nawet dość często, nagle się odwracał i coś mówił do ciemnego pokoju. Mówił niejako na głucho, tak jak się mówi monologi albo do papugi czy małpy. W każdym razie nie dostawał żadnej odpowiedzi. Z całego wyrazu jego twarzy i z obojętnych ruchów było widać, że mówi bez echa.

Przykre takie życie!... — pomyślałem sobie kręcąc papierosa i przypatrywałem się z pewnym zajęciem smutnemu panu, który od pół godziny jeszcze bardziej zmarkotniał i pogrążony w myślach zapomniał nawet mówić do ciemnego pokoju.

Papużka się nudzi — powiedziałem do niego wzrokiem — jest niejako twoim obowiązkiem utrzymywać rozmowę. Pomyśl tylko, w jak bajecznie ciepłych i rozkosznych klimatach żyło to rajskie zwierzę. A teraz nudzi się po ciemku. Jesteś sto razy okrutniejszy niż biegun północny.

Ale on, widać, nie dosłyszał mego wzroku. Przesunął ręką po czole. Tak jakby w duszy westchnął: „Czego ja nie przeżyłem?..." Albo: „Gorzka starość... "

... Ma się pewne obowiązki wobec małp i papug — zarzucił mój wzrok surowo — było jej nie kupować, jeżeli

worse to look at a bright street with a dark room at one's back. I am certain that he was oppressed. That is why I kept a lamp burning in my home.

The man opposite me undoubtedly kept a monkey or a parrot, or some other playful creature, for, sitting by the window, he would at times, even quite frequently, turn suddenly and say something into the dark room. He spoke almost silently, like one speaks a monologue to a parrot or a monkey. In any case, he did not get an answer. From the entire expression of his face and his indifferent movements one could see that he was speaking without receiving a response.

"A sad life!" I thought, rolling a cigarette as I looked with certain interest at the lonely man, who for half an hour had been more sullen than usual and plunged in thought, even forgetting to speak to the dark room.

"The parrot is bored," I said to him with my glance. "It is your responsibility to try to maintain the conversation. Think about how that bird of paradise lived in those idyllic, warm climates. Now he is bored in the darkness. You are a hundred times crueller than the North Pole."

But one could tell he did not receive my message. He passed a hand across his forehead. As if he was sighing out in this heart: "What have I not lived through!" Or: "Old age is hard."

"One has certain responsibilities toward monkeys and parrots," my glance said severely. "You should not have bought a pet if your own melancholy is enough for you. But since you bought it, then you have to keep a

wystarcza ci własna melancholia. A skoro ją raz kupiłeś, to musisz bawić się w konwersację, choćby wszystkie struny twej duszy jęczały ze zgryzoty. Widzę z rysów twej popielatej twarzy, że musisz być dobrym człowiekiem. To zawzięte marszczenie czoła nic nie znaczy. To nie jest złość, tylko cierpienie. Jesteś mimo wszystko niezły chłopak, ale powinieneś zwracać większą uwagę na psychiczne potrzeby twej papugi. Pomyśl sobie, że to stworzenie ma niesłychanie dużo opętanego gadania, które aż piszczy za wolnością. Pomyśl sobie...

Nagle mój wzrok oniemiał. Coś bardzo ciepłego i miękkiego położyło mi się na oczach. Jednocześnie uczułem zapach fiołków, który objął miłośnie mą duszę.

Odwróciłem się... kobieta.

— Kto pani?

Zaśmiała się cicho.

— Cha, cha... dobry wieczór.

— Dobry wieczór — odpowiedziałem czerwieniąc się po uszy.

Mogę powiedzieć otwarcie, że miała nagie ramiona i rozpuszczone włosy. Czy słyszał kto coś podobnego? Była, bądź co bądź, w stroju białym, powiedzmy: domowym.

Czekałem, co teraz będzie.

— Pan mnie przecież zna — powiedziała tak jasnym głosem, jakby była pewna, że zrobi mi niespodziankę.

Byłem zakłopotany. Nie, to się tak nie da... trzeba zobaczyć przy lampie.

conversation going, though your soul groans from affliction. I see by your ashen face that you are a good person. That determined frowning doesn't mean anything. It is not anger but anguish. In spite of everything you are not a bad fellow, but you should pay more attention to the psychological needs of your parrot. Think of it, that creature has an overwhelming amount of enthusiastic talking that just cheeps for freedom. Think of it ..."

Suddenly my vision was struck blind. Something very warm and soft had been placed over my eyes. At the same time I smelled the scent of violets, which enfolded my soul lovingly.

I turned around—it was a woman.

"Who are you?"

She laughed gently.

"Ha, ha ... good evening."

"Good evening," I replied, blushing up to my ears.

I can honestly state that her arms were bare and her hair was undone. Has anyone heard of such a thing? She was, however, dressed in white—let's say, informally.

I waited to see what would happen next.

"You know me," she said in such a bright voice, as if she were certain that she was giving me a surprise.

I was embarrassed. No, I won't be able to.... I have to see her by the lamplight.

I did not even recognize her by the lamp. What to do now? I was embarrassed.

"You know me," she repeated as cheerfully as before.

No, I don't know you. How could I tell her that?

Nie poznałem jej i przy lampie. Cóż teraz robić? Byłem zakłopotany.

— Pan mnie przecież zna — powtórzyła tak wesoło jak przedtem.

Nie, nie znam. Jak by to jej powiedzieć? „Niestety, nie mam przyjemności..." czy jak? Bóg mi świadkiem, że nie wiem, co się mówi w takich nagłych wypadkach. Powiem. „Nie mam przyjemności", całkiem po prostu.

Ale ona już wiedziała, że jestem zakłopotany.

— Niech pan sobie przypomni... — powiedziała łagodnie i sympatycznie — niech pan tylko pomyśli...

Pogłaskała mnie nawet delikatnie po ręce. Bardzo przyjemnie.

Teraz niezadługo sobie przypomnę. Z pewnością. To się zawsze czuje przedtem, wie z góry: za chwilę sobie przypomnę... Chociaż na razie...

Te oczy... Boże, te ogromne, piwne oczy i ta blada twarz i usta...

— Pan mię przecież zna...

Może krewna. Bawiły się ze mną przed dwudziestu laty trzy małe córeczki dalekiego stryja. Wszystkie trzy w białych sukienkach...

— Niech mi pani pomoże. Kilka szczegółów. Przecież wiem już teraz, że panią znam. Tylko nie wiem, jak i co...

Córeczki dalekiego stryja nie były z Amsterdamu. To coś podobnego, ale nie to. Mniej więcej ta sama okolica mózgu czy przeszłości. Ale nie to. Jej oczy mówią wyraźnie: „ciepło, ciepło..."

... Ale nie to.

"Unfortunately, I haven't had the pleasure"—or something else? As God is my witness, I don't know what is said in such sudden circumstances. I will say it. Quite simply, "I haven't had the pleasure."

But she already knew I was embarrassed.

"Try to remember," she said gently and in a friendly manner, "just try to remember...."

She even delicately stroked my hand. Her touch was quite pleasant.

It shouldn't be too long before I remember. For certain. One always feels this way before the answer comes to mind; in a moment I will remember.... But for now....

Those eyes.... God, those large hazel eyes and that pale face and those lips....

"You know me.... "

Perhaps I'm related to her. Twenty years ago I used to play with the little daughters of a distant uncle. All three were in white....

"Please help me. A few details. I realize now that I know you. Only I don't know how and where—"

The daughters of the distant uncle were not in Amsterdam. It was something like it, but not it. More or less, the same area of the brain cells or the same part of the past. But not it. Her eyes are clearly saying: "Warm, warm.... "

....But not it.

"Try to remember."

I know that I know her. The entire mystery is in her eyes. Her face is recognizable. It is as familiar as my own.

— Niech pan sobie przypomni.

Wiem, że ją znam. A cała tajemnica w oczach. Ta twarz rozumie się niejako sama przez się. Ta twarz to coś tak znajomego jak moja własna. Widzę ją w każdym razie co dzień. Ale gdzie? Widzę ją co dzień.

— Ja panią znam.

Pocałowała mnie nagle w usta. Tak, to ona. Ale kto? Ona. Ta jedyna, jedyna...

— Powiedz mi, jak się nazywasz. Chce mi się płakać, bo nie mam bliższej sobie istoty. A nie wiem, jak cię nazwać. Wymów swe imię, ażeby spadły jakieś mgły, które są między mną a tobą. Żebym zobaczył, czy jest dla nas ten sam świat, to samo słońce, te same drzewa i ulice. Wymów to jedno słowo. Bo inaczej będę myślał, że znam cię tylko ze snu.

Schyliła się i zbliżyła swoje usta do mojego ucha, żeby wymówić to „jedno słowo". Ale nagle otworzyły się drzwi... a ona uciekła ze strachu do drugiego pokoju.

Wszedł — smutny pan z przeciwka.

— Przepraszam... — powiedział markotnym, ale spokojnym głosem — przepraszam, że przeszkadzam. Ale chciałbym zobaczyć, czy nie ma tu przypadkiem...

Powiódł dokoła wzrokiem, jakby szukał jakiegoś przedmiotu.

— Czego, proszę pana?

— Czy nie ma tu przypadkiem mojej żony...

Spojrzałem na niego ze zdziwieniem.

— O!... pan żartuje. Zdaje mi się nawet, że pan nie ma żadnej żony. Pan mieszka przecież tu zaraz, naprzeciw.

In any case, I see it every day. But where? I see it every day.

"I know you."

Suddenly she kissed me on the lips. Yes, it is she. But who? She. The one and only, the one and only....

"Tell me your name. I want to cry because I can't bring to mind more details. And I don't know how to address you. Tell me your name so that a mist will lift between you and me. So that I can see if we share this same world, this same sun, these same trees and streets. Just tell me your name. Or else I will think that I know you only from a dream."

She leaned forward and her lips came close to my ear, ready to speak her name. But suddenly the door opened—and she escaped in fear to the other room.

He entered—the lonely man who lived opposite me.

"Pardon me," he said in a morose but calm voice, "pardon my intrusion. But I wanted to see if perhaps my—"

He glanced about, as if looking for some article.

"What, sir?"

"If perhaps my wife isn't here.... "

I looked at him in amazement.

"You're joking! I don't even think that you have a wife. You live right here, after all—opposite me."

He continued looking about:

"Yes, I live right here, opposite you, but—I have a wife, most certainly, I have a wife."

Suddenly he went to the other room and returned

Szukał dalej:

— Tak, mieszkam tu zaraz, naprzeciw, ale... mam żonę, owszem, mam żonę.

Poszedł nagle do drugiego pokoju i natychmiast wrócił, prowadząc za rękę kobietę z rozpuszczonymi włosami.

— Dziękuję, znalazłem — powiedział do mnie uprzejmie.

A potem do niej:

— Chodź do domu...

— Panie, to musi być pomyłka! — skoczyłem do drzwi i wziąłem kobietę za rękę.

Ale pan z naprzeciwka rzekł z gorzkim, smętnym uśmiechem:

— To nie pomyłka, to moja żona...

— Ależ... ja ją znam!...

Kobieta rzuciła mi się z płaczem na szyję.

— Ja ją znam — szeptałem wdychając w siebie zapach fiołków, który łączy się miłośnie z mą duszą.

— To się panu zdaje — powiedział pan w okularach — daję panu słowo, że to się panu zdaje.

I zaniósł ją w ręku jak kanarka.

— Uprzejmie dziękuję — powiedział jeszcze raz w przedpokoju.

Nie spałem całą noc. A stróżowa powiedziała mi, że to naprawdę jego żona.

Jeżeli się ma dużo czasu i dobrej woli, to można stać cały dzień przy oknie i czekać, aż się zjawi na ulicy pewna osoba. Wtedy bierze się kapelusz i biegnie się na dół.

straightaway, leading by the hand a woman with undone hair.

"Thank you, I found her," he said to me politely.

And then to her:

"Come on.... "

"This has to be a mistake!" I sprang to the door and took the woman by the hand.

But the man who lived opposite me said with a bitter, sad smile:

"It is no mistake, this is my wife.... "

"But—I know her!"

With a cry, the woman threw her arms around me.

"I know her," I whispered, breathing in the scent of violets, a scent that is connected lovingly with my soul.

"It only seems that way to you," said the man in glasses. "I give you my word that you are mistaken."

And he took her in his hand as if she were a canary.

"I thank you very much," he said once again in the hallway.

I couldn't sleep the entire night. And the woman caretaker told me that it was indeed his wife.

If one has a lot of free time on one's hands, one can stand the whole day by the window and wait until a particular individual shows up on the street. Then one grabs a hat and runs down the stairs. Besides, it was not she, only her husband. In any case, a perfect opportunity.

"One moment, sir! Taking advantage of our meeting the other day, I wanted to ask if you would sell me your parrot or—"

Zresztą to nie była ona, tylko jej mąż. W każdym razie nadzwyczajna sposobność.

— Panie, na chwileczkę! Korzystając ze znajomości, chciałbym się spytać, czy nie sprzedałby mi pan papugi albo...

— Nie mam żadnej papugi.

— ...albo małpy. Chcę właściwie małpy.

— Nie wiem, dlaczego pan przypuszcza... Nie posiadam.

— Byłbym przysiągł, że pan posiada. Mieszkam przecież naprzeciwko i nie chcąc wiem niejedno. Pan siedzi wieczorami przy oknie, a nieraz mówi pan coś do ciemnego pokoju...

— Zresztą nie ma pan żadnego życzenia?

— Nie. Pozwolę sobie tylko zauważyć, że mam ogromnie dużo książek w kuferku. Przyjemnie czasem wieczorem coś przeczytać, zamiast siedzieć przy oknie i patrzeć na ulicę. Czy pan nie ma dreszczu na plecach, gdy pan czuje za sobą ciemny pokój? Dostaję także codziennie gazetę w trzech językach. Po francusku, po angielsku... co pan woli. Czytałem wczoraj niezmiernie ciekawy artykuł o trąbie morskiej. Jestem pewny, że to pana zainteresuje.

Potem spytałem delikatnie:

— Jak się ma pańska żona?

Zaczerwienił się i mruknął:

— Dziękuję.

Szedłem z nim bardzo długo i opowiadałem mu o swoich podróżach. Czasem się uśmiechał jednym okiem i

"I have no parrot."

"—or monkey. I actually want a monkey."

"I don't know why you assume.... I don't have one."

"I could have sworn you did. After all, I live opposite you, and whether I want to or not, I know a few things. You sit by the window in the evening, frequently saying something into your dark room."

"Is that all you want?"

"No. I'll merely take the liberty of pointing out that I have a great many books in a trunk. It's nice to read something in the evening, instead of sitting by the window and looking onto the street. Don't you feel bad with a dark room at your back? I also get daily newspapers in three languages. One in French, one in English—whatever is your pleasure. Yesterday I read an immensely interesting article on waterspouts. I am certain it would interest you."

Then I asked delicately:

"How is your wife?"

He turned red and muttered:

"Fine, thank you."

I accompanied him a long time and told him about my travels. At times he smiled with one eye and rubbed his glasses with a handkerchief. Apparently he was having a good time. Sometimes he even made brief comments.

We went to the park together and sat on a bench. I asked him delicately:

"What is your wife's name?"

His face clouded over, and he said:

przecierał chusteczką okulary. Widocznie bardzo dobrze się bawił. Nawet robił czasem krótkie uwagi.

Przeszliśmy razem do parku i siedliśmy na ławce. Spytałem go delikatnie:

— Jak się nazywa pańska żona?

Zachmurzył się i powiedział:

— Niech pan lepiej skończy o Pompei i Herkulanum. Nie pan nie mówi ciągle o mojej żonie.

Czułem, że zbladłem.

— Bardzo pana przepraszam, ale chciałbym się dowiedzieć... Od czwartku o niczym innym nie myślę. Przyznam się panu otwarcie, że nie śpię w nocy, bo nie mogę sobie przypomnieć, skąd znam pańską żonę.

Uśmiechnąłem się. Ale czułem, że zbladłem.

Pan w okularach machnął ręką.

— Pan jej wcale nie zna... tylko...

— Tylko?

— Tylko ona jest!... hm...

Skrzywił się boleśnie i splunął. Potem dodał:

— A mumie są?

— O czym pan mówi? — spytałem ze złością.

— O Herkulanum. To śmieszne, że pan ma łzy w oczach. Daję panu słowo, że ona panu wmówiła.

To śmieszne, że miałem łzy w oczach.

— Jak to wmówiła?

— No tak, jak wielu innym. O czym tu gadać! Daję panu słowo, że ona chora. Mam z tego powodu ciągłe kłopoty.

"You should finish your story about Pompeii and Herculaneum. Don't always talk about my wife."

I felt myself turning pale.

"I am very sorry, but I'd like to know.... Since Thursday I haven't thought of anything else. I will openly admit to you that I can't sleep at night, for I'm unable to remember where I know your wife from."

I smiled. But I felt I had turned pale.

The man in the glasses waved his hand.

"You don't know her at all—only.... "

"Only?"

"Only she's ... hmm.... "

He made a wry face of pain, and spit. Then he added:

"Are there mummies there?"

"What are you talking about?" I asked in anger.

"About Herculaneum. It's funny that you have tears in your eyes. I give you my word that she put the idea into your head."

It was funny that I had tears in my eyes.

"How did she do that?"

"Well, the same way she did it to everyone else. But why talk about this! I give you my word that she is sick. Because of this I have continual trouble."

He told me about his troubles. It appeared that one had to constantly look after her as if she were a bird. Because she was sick.

He slapped me on my knee.

"It's very pleasant talking to you.... Only leave my wife alone."

Opowiedział mi o kłopotach. Pokazało się, że trzeba na nią ciągle uważać jak na ptaszka. Bo jest chora.

Uderzył mnie w kolano.

— Bardzo przyjemnie mówi się z panem... Tylko niech pan już da spokój mojej żonie.

Poszliśmy nawet razem na piwo.

Ale na drugi dzień zobaczyłem ich razem.

— Ja ją znam! — krzyknąłem prawie głośno.

Śniła mi się już, gdy byłem dzieckiem. Znam ją lepiej niż matkę, niż siostrę, niż wszystkich ludzi. Mogę zamknąć oczy, a wiem, jak wygląda.

Kiedy siedzę wieczorem przy oknie i patrzę na ulicę, to zaraz wiem, po co przyjechałem do Amsterdamu. Mógłbym płakać całymi godzinami, a łzy nie przestałyby sprawiać mi rozkoszy. Byłem jeszcze dzieckiem, a już wiedziałem, co mnie czeka. Na to człowiek żyje. Byłem jeszcze dzieckiem...

Są wsie i miasta bez nazwy, które znam tak, jak tę kobietę. Jest cały świat bez nazwy, który znam tak, jak tę kobietę. Czasem słyszę stamtąd głosy... Albo ktoś uśmiechnie się z daleka i kiwnie do mnie białą chustką... Z daleka... Coś zapachnie z morza, gdy stoję w nocy na pokładzie. Albo coś zagra w lesie. Jest gdzieś cały świat bez nazwy...

— Proszę pana, przyszedłem...

— Czego pan chce?

— Przyniosłem gazety w trzech językach.

— Powiedziałem panu wczoraj, że u mnie niewygodnie.

We even went together for a beer.

But the next day I saw them together.

"I know her!" I cried out, almost aloud.

I used to dream of her when I was a child. I know her better than my mother, my sister, than anybody else. I can close my eyes, and I know how she looks.

When I sit in the evening by the window and look out onto the street, I know straightaway why I came to Amsterdam. I could cry for hours and hours, and my tears would not stop my joy. I was still a child when I already knew what would await me. A person lives for this. I was still a child....

There are nameless villages and towns that I know as well as I know this woman. There is the whole nameless world that I know as well as I know this woman. Sometimes I hear voices coming from there.... Or someone smiles from a distance and waves a white handkerchief to me.... From a distance.... When I stand at night on deck, a scent comes to me from the sea. Or something appears in the forest. There is a whole nameless world out there somewhere....

"Excuse me, sir, I've come—"

"What do you want?"

"I've brought newspapers in three languages."

"I told you yesterday that this is not a good place to meet. Why have you come? If you want, we can go to the park."

"How is your wife?"

"Fine, thank you."

Po co pan przyszedł? Jeżeli pan chce, to możemy pójść do parku.

— Jak się ma żona?

— Dziękuję.

W mieszkaniu pachniały jej fiołki. Ale on prawie wyrzucił mnie za drzwi. Drżałem jeszcze na ulicy ze wzruszenia.

Spostrzegłem, że i on źle wygląda.

— Pan chory — zauważyłem po drodze.

— Mam ciągłe kłopoty.

Aha! — pomyślałem z radością — sam będzie mówił o żonie.

Ale on uśmiechnął się złośliwie jednym okiem.

— Co panu do mojej żony? Panu się wydaje, że pan jedyny człowiek, który ją zna. Ale znają ją najrozmaitsi ludzie. Pan nie ma pojęcia... Ona ma coś takiego w oczach.

— Nikt jej tak nie zna jak ja!

Zaśmiał się jak skrzypiący wóz. Ale zaraz potem posmutniał i westchnął.

— To nie jest najgorsze...

— Co?

— To, że mam z nią ciągłe kłopoty...

Pierwszy raz tyle o niej mówił.

— Ale to już najgorsze, że... że... jakby panu powiedzieć?... Tyle ludzi ją zna, a ja jej nie znam.

Spojrzał mi bystro w oczy.

— Uważa pan: tyle ludzi ją zna, a ja, mąż...

— Pan, mąż...

— Jej nie znam.

I could smell her violets in the house. But he practically threw me out the door. On the street I still trembled from emotion.

I noticed that he also was not looking well.

"You are sick," I observed along the way.

"I have troubles."

"Aha!" I thought, "he's going to talk about his wife of his own free will."

But he smiled maliciously with one eye.

"Why are you so taken up with my wife? Do you think you are the only person who knows her? But all sorts of people know her. You have no idea..... There is something in her eyes."

"No one knows her like I do!"

He burst out laughing. His laughter sounded like a squeaking cart. But right afterward he became sad and sighed out.

"That is not the worst of it...."

"What?"

"That I have continual trouble with her...."

This was the first time he spoke so much about her.

"But the worst thing is ... is ... how can I say it? .... So many people know her, but I do not know her."

He looked me sharply in the eye.

"Listen: so many people know her, but I, her husband—"

"You, her husband—"

"Do not know her."

"Hmm...."

— Hm...

— Nie znam.

Nigdy w życiu tyle o niej nie mówił.

— Ale jest przecież nie tylko moją żoną, lecz i kuzynką. To niejako moja krew. Dziadek, który zbankrutował, miał niegdyś ten wielki dom handlowy nad kanałem. Znałem dziadka. Znałem jej ojca. Znam miasto, w którym się urodziła, bo to nasz Amsterdam, uważa pan...

— Wasz Amsterdam.

— Znam od dziecka wszystkie te miejsca, które zna ona. Bo ona jest z tego samego świata co ja.

— Pan myśli?

— Ona jest z Amsterdamu. Znam wszystko, co ona widziała, słyszała i przeżyła od dziecka. A jej...

— Jej pan nie zna.

Otworzył szeroko oczy, jakby się zdziwił, że wiem tajemnicę, którą mi sam powiedział.

— Naprawdę jej nie znam. A nawet boję się jej oczu, nienawidzę jej duszy. Z początku nie wiedziałem nawet, że jest chora. Tak jej nienawidziłem, że byłem zaślepiony z miłości. I nie czułem, że jest tylko chora.

— A skąd pan się dowiedział, że jest chora?

— Przyjechał do Amsterdamu Murzyn z Afryki, który miał złote kolczyki i strasznie białe zęby...

— Murzyn?

— Był tak samo natrętny jak pan. Mówił ciągle, że ją zna. Krzyczał za mną na ulicy: „Ja ją znam!"

— I co?

— Ona mu to wmówiła. Jej chore oczy mu to wmówiły

"I don't."

Never in his life had he spoken so much about her.

"And she is not just my wife, after all, but my cousin as well. She is, as it were, my blood. Her grandfather, who went bankrupt, once owned that large business firm by the canal. I knew her grandfather, I knew her father. I know the town she was born in, for it is our Amsterdam; listen—"

"Your Amsterdam."

"I've known all the places she knows since I was a child. For she comes from the same world that I do."

"You think so?"

"She is from Amsterdam. I know everything that she saw, heard and experienced from childhood. And—"

"You don't know her."

He opened his eyes wide, as if in surprise that I knew the secret he himself had told me.

"I truly don't know her. I am even frightened of her eyes; I can't stand her soul. In the beginning I didn't even see that she was sick. I couldn't stand her so much that I was blind with love. And I didn't realize that she was only sick."

"And how did you find out she was sick?"

"An African came to Amsterdam; he had golden ear-rings and terribly white teeth...."

"An African?"

"He was just as persistent as you are. He continually said that he knew her. He used to cry after me on the street: 'I know her!'"

tak jak panu. Ona jest niebezpieczna. Ona mi zepsuła życie...

Serce biło mi młotem.

— Pan jej nienawidzi — powiedziałem cicho — a ja... Dlaczego pan się z nią ożenił?

Uśmiechnął się jednym okiem.

— Ot! Ożeniłem się. Bo taka była historia: mówiłem panu o domu handlowym jej dziadka, u którego mój ojciec był prokurzystą. Otóż nim jej dziadek zbankrutował, uważa pan... Ale pan nie uważa!

— Nie uważam — powiedziałem drżącym głosem — bo myślę ciągle, że chciałbym być na pańskim miejscu.

— He, he!...

— Dałbym panu z ochotą swoje życie, a niech mi pan da swoje. Przyjmę nawet ten ciemny pokój, w którym pan mieszka. A dam panu wszystko, co mam.

— Jaki pan śmieszny!

— Panie, błagam pana na klęczkach, niech pan mnie zrozumie! Dam panu przecież wszystko, co mam. Niech pan sobie idzie, a ja zostanę. Nie będzie pan miał ciągłych kłopotów. Pojedzie pan do Pompei i Herkulandum. Pan jej nienawidzi. Ona ma chore oczy. Jej dziadek zbankrutował. Pan jej nie zna, a ja...

— He, he!...

— Ja ją znam! Ja ją znam! Niech mi pan da to szczęście, którego pan nie chce. Panie, panie...

— Tak nie można.

— Dlaczego? Dlaczego nie można?

— Bo to moja żona... he... he!...

"And?"

"She put the idea into his head. Her sick eyes put the idea into his head just like they did in your case. She is dangerous. She has ruined my life...."

My heart beat like a hammer.

"You can't stand her," I said quietly, "but I .... Why did you get married to her?"

He smiled with one eye.

"It happened! I got married. This is the story: I told you about her grandfather's business firm; my father was the proxy there. Well, listen to this. Before her grandfather went bankrupt—but you are not listening, sir!"

"I am not listening," I said in a trembling voice, "because I'm continually thinking that I would like to be in your place."

"Ha, ha!"

"I would gladly exchange my life for yours. I will even take that dark room you live in. And I will give you everything I possess."

"How funny you are!"

"Sir, I'm begging you on my knees to understand me! I will give you everything I have. Go, and I will stay. You won't have any more troubles. You'll travel to Pompeii and Herculaneum. You can't stand her. She has sick eyes. Her grandfather went bankrupt. You do not know her, but I...."

"Ha, ha!"

"I know her! I know her! Give me the happiness that you don't want. Please, sir, please.... "

— Niech pan się nie śmieje w takiej chwili! Niech pana diabli wezmą! Błagam pana na klęczkach.

— He, he... U nas, w Amsterdamie, nie można...

— Niech pana diabli...

— U nas... he, he!... w Amsterdamie, bierze się żonę na całe życie.

Ta rozmowa śni mi się nieraz po nocach. Jeszcze dzisiaj. I wcale nie płaczę. Przeciwnie, wtedy jestem najszczęśliwszy. Bo Amsterdam należy do najpiękniejszych miast w Europie. A te sny mają dziwnie miły zapach fiołkowy, który łączy się miłośnie z moją duszą.

"It is not possible."

"Why? Why is it not possible?"

"Because she is my wife—ha, ha!"

"Don't laugh at such a moment! The devil take you! I beg you on my knees."

"Ha, ha.... Here in Amsterdam, one can't—"

"The devil take you—"

"Here—ha, ha!—in Amsterdam one takes a wife for a lifetime."

I frequently dream about this conversation at night. Even today. And I don't cry at all. On the contrary, I am happiest then. For Amsterdam is one of the most beautiful cities in Europe. And these dreams have a strange violet scent that is connected lovingly with my soul.

Zofia Nałkowska
Koteczka, Czyli Białe Tulipany

Kiedy Koteczka na koniec zaręczyła się i narzeczony jej wyznał, że zanim ją pokochał, posiadał już przedtem wiele kobiet, Koteczka bardzo długo płakała.

Wprawdzie pan Lucjan mówił także, że przyjaciel jego miał kobiet akurat dwa razy tyle, że przeto stosunkowo on jeszcze jest cnotliwy — ale Koteczki to nie pocieszyło. Ona była bardzo młoda i samo małżeństwo wydawało jej się czymś tak strasznym, że na samą myśl o tym można było płakać — a cóż dopiero taka rzecz! — i to ten właśnie, którego ona miała być żoną — ten, któremu ona robiła takie nadzwyczajne ustępstwo — ten sam... To coś ponad siły...

Koteczka płakała głośno i zakrywała bure oczy białymi łapkami. Zaś pan Lucjan klęczał przed nią, całował jej małe pantofelki i obszernie upewniał, że czuje się jej niegodny, skalany, upadły, że ona jedna mogłaby go odrodzić i uszlachetnić — ale jeżeli nim tak pogardza, tak się brzydzi — to on raczej odejdzie, niżby miał zniszczyć

Sofia Nalkowska
Kitty, or White Tulips

When Kitty finally became engaged and her fiancé confessed that before he fell in love with her he had many women, Kitty cried for a long time.

Admittedly, Lucian said that his friend had exactly two times as many women, and so he was comparatively chaste—but that did not console Kitty. She was very young and marriage itself seemed to her so terrible that at the very thought of it she could cry—and now this!—and it concerned precisely the man whose wife she was to be, the man for whom she was making such an immense sacrifice, the very one.... It was too much to bear....

Kitty cried aloud, covering her dark brown eyes with her white little hands. Meanwhile, Lucian knelt before her, kissing her small slippers and assuring her at great length that he felt unworthy of her, that he was defiled and fallen, that she was the only one who could make a new man out of him and ennoble him; but if she holds him in such contempt, is so disgusted by him, then he would rather leave, though in that case—and here he also covered his eyes with his hands.

szczęście jej życia... Raczej odejdzie, chociaż wtedy — i tu sam również oczy zakrył rękami.

Wówczas Koteczce przyszła do łebka myśl optymistyczna: może to dobrze, że mężczyźni są przed ślubem skalani i upadli, bo inaczej nie potrzebowaliby odrodzenia i uszlachetnienia i w żaden sposób nie chcieliby się żenić... I nie byłoby małżeństw, nie byłoby dzieci — a gdyby nie było dzieci, to za lat kilkadziesiąt wyginęłaby ludzkość... A gdyby nie było ludzkości, toby było wprost okropne... Zresztą, gdyby mężczyźni nie chcieli się żenić, to kobiety podobne do Koteczki nigdy by się nie dowiedziały, jak wygląda miłość — a chociaż te wszystkie rzeczy są niskie i wstrętne, to jednak nie poznać zupełnie — nie, nie — tego by nawet Koteczka nie chciała...

Zmęczona płaczem, smutkiem i myślami, Koteczka przeciągnęła się mimo woli jak prawdziwa koteczka — i ciepła fala tkliwości napłynęła do jej maleńkiego serduszka. Pochyliła się nad narzeczonym.

— Panie Lucjanie, już nic, naprawdę nie. Nie będę pamiętała... Ja przecież wiem, inaczej być nie może...

Ale role zmieniły się. Teraz oskarżycielem stał się znów pan Lucjan. Obrzucał oszczerstwami, deptał moralnie, kajał, ogłosił się za niegodnego przebaczenia. Właśnie dziś otworzyły mu się oczy na całą jego nikczemność. Potwornością nieludzką byłoby wyzyskanie anielskiej dobroci jej, Koteczki, która jest taka czysta, nieskalana, prawdziwa święta.

Koteczce brakowało już argumentów. Próbowała nawet

Then an optimistic thought came to Kitty's little head. Perhaps it was just as well that men were defiled and fallen before marriage, for otherwise they would not need rehabilitation and ennoblement, and would not want to get married for anything in the world. And there would be no marriages, no children—and if there were no children then in several dozen years mankind would become extinct—and if mankind were extinct that would simply be terrible.... Besides, if men would not want to get married, then women like Kitty would never find out what love is—and, though all these things were base and disgusting, to not know anything about them at all—no, no, even Kitty would not want this....

Tired with crying, grief and her thoughts, Kitty stretched involuntarily like a real kitty, and a warm wave of tenderness flowed to her little heart. She leaned over her fiancé.

"Lucian, it doesn't matter, it really doesn't matter. I will not think about it.... I know, after all, that it cannot be otherwise."

The roles changed, however. This time the accuser was once again Lucian. He threw aspirations against himself, attacked his trampling of morality, was contrite, declared himself unworthy of forgiveness. Only today had his eyes been opened to his entire infamy. It would be a monstrous barbarism to take advantage of such an angel like Kitty, someone so pure, unblemished, a real saint.

Kitty ran out of arguments. She even tried to kiss him

całować go w czoło, ale i to nie pomogło. Nagle błysnęła jej w mózgu myśl szczęśliwa:

— Ale przecież i ja muszę przyznać się panu do czegoś z mojej przeszłości...

Zdumiony pan Lucjan tym razem porwał się od razu z klęczek i utkwił w Koteczce pytające źrenice.

— Byłam kilka razy sama u znajomego malarza — rzekła Koteczka ze spuszczonymi oczami — i pozwoliłam się malować.

— Nago?!

— Jakim sposobem? — zdumiała się z kolei Koteczka.

— W niebieskiej sukni... Ale kiedy pana poznałam, to przestałam zaraz chodzić do tego malarza — i dlatego portret jest nie skończony.

— I... co więcej?

— Nic więcej — rzekła Koteczka.

Pan Lucjan pozwolił sobie roześmiać się zupełnie głośno. — Tyle tylko? Dzieciaku mój śliczny, najsłodszy, jedyny, ukochany! — I nagle grad pocałunków spadł na jej zapłakane różowe oczka, gorący pyszczek.

Mówiąc „nic więcej", Koteczka zastanowiła się przez chwilę, czy mówi prawdę.

Stanowczo tak. Nie było nic więcej — wcale nie była zakochana w tym malarzu ani on w niej naturalnie — niech Bóg broni! —Koteczka była dość ładna i bardzo miła, a jednak nikt się w niej dotąd nie kochał. Koteczka nie martwiła się tym wcale — ona wiedziała, że kochać można tylko swoje kochanki — z takimi zaś kobietami jak ona,

on the forehead, but this also did not help. Suddenly a happy thought flashed through her mind:

"There's something I have to confess from my past...."

An amazed Lucian sprung to his feet and fixed his questioning eyes on Kitty.

"Several times I went to an artist friend of mine by myself," Kitty said with lowered eyes, "and I allowed myself to be painted."

"In the nude?!"

"Absolutely not!" Now it was Kitty's turn to be amazed. "In a blue dress.... But once I met you I immediately stopped going to the painter—that's why the portrait is not finished."

"And ... what else?"

"Nothing else," said Kitty.

Lucian allowed himself a loud, hearty laugh. "That's it? My beautiful, most sweet, one and only, lovely little girl!" And suddenly a shower of kisses fell on her tear-stained pink eyes, on her warm, darling little face.

Having said "nothing else," Kitty reflected for a moment if she was speaking the truth.

Decidedly, yes. There was nothing else—she had not been in love with the artist at all, and he not with her, of course. God forbid! Kitty was fairly pretty and quite pleasant, and yet no one had loved her. Kitty was not bothered by this at all—she knew that one could only love one's lover. With women like her, her mother, older sister or aunt, however—one could only get married to them.

And the artist had absolutely no intention of getting

mamusia jej, siostra starsza i ciocia — można się tylko żenić.

A malarz żenić się zupełnie nie miał zamiaru. Przede wszystkim nie miał pieniędzy (Koteczka domyślała się tylko tego z niektórych rzeczy, bo malarz był zresztą zawsze bardzo ładnie ubrany i mieszkał w dużej, pięknej pracowni), następnie zaś — był na małżeństwo jeszcze za młody i za ładny.

Koteczka wiedziała też, że mężczyźni żenić się mogą wtedy dopiero, kiedy na skroniach mają trochę włosów siwych, jak pan Lucjan, i dużo zmarszczek naokoło oczów, jak pan Lucjan — i niezbyt lubią chodzić na dalekie spacery. Wtedy to nawet Koteczkę trochę gniewało, ale teraz, kiedy już tak bardzo pokochała pana Lucjana, doszła do wniosku, że wszystko tak właśnie jak jest, być powinno: dobrze, że pan Lucjan nie jest już tak znowu bardzo młody, bo przecież inaczej nie byłby się o nią oświadczył, i dobrze, że nie jest wcale ładny, bo podobno ładni mężczyźni zawsze później zdradzają żonę — a to byłoby straszne!

— I nic więcej? i to już wszystko, do czegoś mi się przyznać miała, moja cudna, bura Koteczko, to już cała twoja zbrodnia? —zachwycał się pan Lucian.

Stanowczo tak — nic więcej. Koteczka umyślnie, żeby mieć czyste sumienie, przypomniała sobie jeden nad wyraz dziwaczny dzień wiosenny.

Później nie powtórzyło się już w jej życiu nic takiego. I dotąd nie rozumiała jeszcze, co to właściwie było,

married. Above all, he had no money (Kitty surmised this only from a few things, for the painter was otherwise always very nicely dressed and lived in a large, beautiful studio), and then, he was too young and too good-looking for marriage.

Kitty knew that men can only get married if they have some grey hair at their temples, like Lucian, and many wrinkles about their eyes, like Lucian—and if they don't like to go on long walks too much. In the beginning this angered Kitty a bit, but now, when she loved Lucian so much, she came to the conclusion that everything is the way it should be: It is good that Lucian is not so very young, for otherwise he would not have proposed to her, and it is good that he is not good-looking at all, for apparently good-looking men always wind up betraying their wives—and that would be terrible!

"And nothing else? Was that everything that you had to confess to me, my beautiful, dark-haired Kitty, that is your entire crime?" Lucian said, delighted.

Decidedly, yes—nothing more. In order to have a clean conscience, Kitty intentionally thought back on one particularly strange spring day.

What had happened never repeated itself again in her life. She still did not understand what it meant exactly, even that she was engaged now and Lucian had told her many new things.

One May day—similar to a lot of other sunny May days—Kitty went to her artist friend, as usual in great secrecy from her mother, who would have been very

chociaż była zaręczona i pan Lucjan opowiadał jej wiele nowych rzeczy.

W majowy dzień — podobny do mnóstwa innych pogodnych majowych dni — Koteczka przyszła, jak zwykle, do znajomego malarza w wielkim sekrecie przed mamusią, która byłaby się bardzo o to na nią gniewała (do malarzy bowiem chodzą same tylko kobiety stworzone do miłości, Koteczka zaś była stworzona do tego, żeby wyjść za mąż). Przedtem było zimno jak w jesieni, a wtedy, w ów dzień majowy, zrobiło się nagle i niespodziewanie tak ciepło jak w lecie — do tego stopnia, że Koteczka wyszła na ulicę „do figury".

Gdy przyszła do znajomego malarza, zgrzana była i zmęczona okropnie, bo wbiegła prawie na czwarte piętro, więc przed pozowaniem chciała jeszcze odpocząć i usiadła na sofie, wachlując się rękawiczkami. W drugim kącie sofy usiadł malarz i rozmawiali sobie o różnych rzeczach, między innymi i o tym także, że Koteczka ma takie silne rumieńce, jak nigdy dotąd — i że dobrze byłoby właśnie tak ją namalować, bo rumieńce ślicznie wyglądają przy takich jak u Koteczki burych włosach.

I wtedy Koteczka uczuła, że zamiast ochłonąć w tej wielkiej, chłodnej pracowni, do której nigdy nie dochodzi słońce, mdleje prawie z gorąca. Coraz nowe rumieńce wybiegały na jej twarz i piersiami uchwycić nie mogła oddechu.

W nie usprawiedliwionym przerażeniu zerwała się z sofy, chociaż nic jej nie groziło. Malarz patrzył na nią trochę wesoło i trochę ze zdziwieniem. A Koteczka nagle

angered at her for that. (Only those women who were created for love go to an artist; Kitty had been born, however, to get married.) Before it had been cold like in the fall, but on that May day it became suddenly and unexpectedly so warm as if it were summer—to such a degree that Kitty went out into the street without an overcoat.

When she arrived at her artist friend's, she was sweating and terribly tired, for she practically ran up the four flights; so before posing she wanted to rest, and she sat on the sofa, fanning herself with her gloves. The painter sat at the other end of the sofa, and they talked about a variety of things, among them that Kitty was blushing strongly, as never before, and that it would be good to paint her exactly that way, because her blushes looked lovely next to such dark hair as she possessed.

And then Kitty felt that instead of cooling down in that large, chilly studio, in which the sunlight never entered, she was practically faint from heat. Newer and newer blushes flushed her face, and she couldn't catch her breath.

In unjustified terror she sprung up from the sofa, though nothing threatened her. The artist looked at her both with a little amusement and a little surprise. And Kitty suddenly became embarrassed of the fact that she felt so hot, and also that she was so slim and shapely, and docile like a real kitty, and that her dress was too tight-fitting (it's terrible that mother always complies with fashion) and everything could be seen....

zawstydziła się i tego, że jej tak gorąco, i tego, że jest tak wysmukła i zgrabna, i giętka jak prawdziwa koteczka, i tego, że jej suknia jest za obcisła (to okropne, że mamusia tak zawsze każe przestrzegać mody) i wszystko widać...

I wstyd ten był tak silny, że stał się podobny do bólu — i Koteczka wszystkimi siłami wstrzymywać się musiała, by nie krzyknąć i nie płakać tupiąc nóżkami, i twarzy nie ukryć w aksamitnych poduszkach sofy — albo nie skoczyć do malarza i nie ugryźć go ze złości w szyję, mocno, strasznie, do krwi, jak podobno czynią prawdziwe koteczki. I pragnęła skurczyć się tak, żeby jej wcale nie było widać, albo wpaść prędko pod ziemię — tak okropnie tego wszystkiego się wstydziła, tak okropnie bała się, ponieważ nic, ale to nic nie mogła zrozumieć. Czuła tylko, że jeżeli stąd nie ucieknie, to stanie się coś strasznego — wiedziała na pewno.

— Nie chcę pozować dłużej — rzekła do znajomego malarza. — Takie ładne słońce na dworze — chodźmy lepiej na spacer!...

Malarz był zdziwiony — nie rozumiał i też trochę się lękał. W owym czasie przychodziła do niego w godzinach, kiedy nie było Koteczki, młodziutka, ładna, biedna szwaczka, która wcale nie marzyła o wyjściu za mąż. A do Koteczki nikt nie przychodził... I dlatego malarz nie rozumiał Koteczki.

Ale zgodził się od razu, tylko spojrzał na nią dziwnymi, trochę jakby smutnymi oczyma.

Koteczka wypadła z pracowni na schody, jak umiała najprędzej — i okropna trwoga opuściła ją w jednej chwili.

And this embarrassment was so strong, that it became almost an ache—and Kitty had to refrain with all her might from shouting out and crying while stamping her feet and hiding her face in the velvet cushions of the sofa—or springing at the artist and in anger biting him in the neck, hard, savagely, drawing blood like a real kitty would. And she desired to shrink so that she could not be seen at all, or fall quickly under the ground—so terribly was she embarrassed of everything, so terribly was she frightened, since she could understand nothing, absolutely nothing. She only felt that if she did not get away from that place at that moment something terrible would happen—this she knew for certain.

"I don't want to pose any longer," she said to her artist friend. "It is so nice and sunny outside—let us go for a walk! ..."

The painter was surprised—he did not understand and also was a little bit apprehensive. During the times when Kitty was not present, a young, pretty, poor seamstress would come to him and she did not even dream of getting married. But no one came to Kitty.... And that is why the painter did not understand Kitty.

But he agreed immediately, only glancing at her with questioning, almost sad eyes.

Kitty rushed out of the studio to the stairs, as quickly as she could—and the horrible danger left her in a single moment.

But, when she looked at the door that the painter was now locking, two tears—genuine tears—formed in her

Za to gdy obejrzała się na drzwi, które malarz teraz na klucz zamykał, w oczach jej stanęły dwie wielkie łzy, łzy natury. Sama nie wiedząc czemu, pełna dziwnego jakiegoś ogromnego żalu — odwróciła się nagle, z drogi usunęła malarza, otworzyła drzwi i w ciemną głąb chłodnej, wielkiej pracowni rzuciła z rozmachem pęk białych tulipanów, które niosła w ręku. Poleciały daleko, przez całą długość pokoju i upadły aż na sofę, duże, ciężkie, białe, wiosenne tulipany. I widziała je błyszczące tak w cieniu jak w grobie. I zatrzasnęła drzwi.

Przypomniała sobie ten dzień i miała czyste sumienie. Nie, wcale nie była zakochana w tym malarzu. A że dała mu tulipany, to chyba nic nie znaczy, skoro nie były ofiarowane z miłości, tylko rzucone tak sobie, jakby jej w ręku zawadzały.

— Nic, nic więcej — powtórzyła.

A jednak, Koteczko, Koteczko, pomyśl tylko, czy to nie było najwięcej, co się stało w całym twoim głupim, kocim życiu...

eyes. Not knowing why, full of some strange, great sorrow, she turned around suddenly, pushed the artist out of her way, opened the door and forcefully threw into the interior of the dark, chilly studio the bouquet of white tulips she had in her hand. They flew far, across the entire length of the room, and fell on the sofa—large, heavy, white spring tulips. And she saw them glowing in the darkness as if they were in a grave. And she slammed the door shut.

She remembered that day and had a clear conscience. No, she had absolutely not been in love with the artist. It really didn't mean anything that she had given him the tulips, since they were not offered in love, only thrown so, as if they were an annoyance in her hand.

"No, nothing else," she repeated.

And yet, Kitty, Kitty, just think if that was all that happened in your entire silly, kittenish life....

Stanisław Dygat
Pierwsza Miłość

*L*ubił też chodzić na wieczorki szkolne. Nastrój stworzony przez przyćmione lampionami światła, przez papierowe dekoracje szkolnych sal i korytarzy, których nękająca i monotonna codzienność została tak dziwnie odmieniona, ciemność tajemniczo okrywająca wrzaskliwe za dnia podwórko, dźwięki muzyki, serpentyny i konfetti, wszystko, co w tym właśnie miejscu nie miało nic wspólnego z matematyką, historią i geografią, wszystko to działało na niego romantycznie i podniecająco.

Spodziewał się schwytać tu jakiś rąbek niezwykłej przygody, może odnaleźć DZIEWCZYNĘ JEDYNĄ W SWOIM RODZAJU.

Jednak za każdym razem, w miarę jak zabawa się rozwijała, wszystko stawało się pospolite i zwyczajne. Henryk stał pod ścianą i cierpiał, że niezrozumiały wstyd nie pozwala mu zdobyć się na taką swobodę, na jaką zdobywali się inni. Zazdrościł im tego, a żeby zazdrość uczynić mniej dokuczliwą, gardził nimi. Mimo tej pogardy czuł się upośledzony, czuł żal do wszystkich, że nikt sam z siebie nie zwróci na niego uwagi. Pensjonarki wydawały

Stanislaw Dygat
First Love

*H*e liked to go to school parties. The atmosphere created by the dimmed Chinese lanterns, the paper decorations of the hallways and corridors, whose annoying and monotonous banality became so wonderfully different, the mysterious darkness which hid the loud courtyard of the day, the sound of music, the serpentines and confetti, everything that in this very place had nothing to do with mathematics, history and geography, everything acted on him romantically and thrillingly.

He hoped to catch some thread of unusual adventure, perhaps to find THE ONE AND ONLY.

But each time, as the party progressed, everything became common and ordinary. Henryk stood by the wall and endured the incomprehensible embarrassment that did not allow him to attain the easy manners that others had attained. He envied them that, and in order to lessen the sting of his envy, he held them in contempt. Despite this disdain, he felt handicapped, and was full of rancour against everyone, for no one took notice of him. The school girls seemed to him completely unapproachable,

mu się absolutnie niedostępne, a więc też nimi gardził. Wracał do domu smutny, pełen wyniosłego i gorzkiego poczucia odrębności, ze stanowczym postanowieniem, że więcej na żaden wieczorek szkolny nie pójdzie. Praktyka przekonywała go, że nic się tam nie stanie, że nic nie może się stać. Ale nadzieja, potęga miażdżąca wszelką praktykę i zagłuszająca wszelki rozsądek, nadzieja, która mimo woli prowadzi człowieka do miejsca, w którym nie może absolutnie niczego zyskać, a wszystko może stracić, nie liczyła się z jego postanowieniami.

Przychodził znowu.

Pewnego razu, gdy na wieczorku szkolnym stał pod ścianą, zamyślony i nieobecny, podeszła do niego jakaś dziewczyna. Miała gładkie kasztanowate włosy uczesane w grzywkę, okrągłą twarz o rumianych policzkach, wielkie okrągłe, niebieskie oczy. Ubrana była w sukienkę z zielonego aksamitu z kremowym koronkowym kołnierzykiem.

— Dlaczego stoi pan ciągle pod tą głupią ścianą i dlaczego jest pan taki smutny? — spytała patrząc mu w oczy. — Niech pan ze mną zatańczy.

Henryk był ogromnie przerażony. Rozejrzał się, czy nie można by jakoś uciec. Jednocześnie stwierdził, że po raz pierwszy na wieczorku szkolnym spotkało go coś miłego. Zaczęła grać muzyka. Dziewczyna wzięła go za rękę i poprowadziła na środek sali.

— No, śmiało, śmiało — powiedziała przyglądając mu się życzliwie i śmiejąc się. — Mnie się naprawdę podoba, że pan jest taki niedźwiedź.

and so he felt contempt for them, too. He returned home sad, full of haughtiness and a bitter feeling of separateness, firmly determined never to go to another party. Experience convinced him that nothing would, or could, happen there. But hope, a force squashing any experience and deadening any judgement—hope, which involuntarily leads a person to a place where nothing can be attained and everything lost, disregarded his decision.

He went again.

One time, when he was standing alone by the wall at another school party, buried in thought and lost to the world, a girl came up to him. She had even chestnut hair combed in a bang, a full face with ruddy cheeks and large round blue eyes. She wore a green velvet dress with a cream-colored lace collar.

"Why do you keep standing by this stupid wall, and why are you so sad?" she asked, looking him in the eye. "Why don't you dance with me?"

Henryk was aghast. He looked around to see if he could make an escape. At the same time he noted that for the first time at a school party something pleasant had happened to him. The music began to play. The girl took him by the hand and led him to the middle of the hall.

"Well, come on, come on," she said, looking at him kindly and laughing. "I really like it that you are such a bear."

She almost pushed him to dance. He was distressed that

Pchnęła go niemal, żeby zaczął tańczyć. Był zrozpaczony, że nazwała go niedźwiedziem. Czuł się jeszcze niezgrabniejszy od niedźwiedzia, potknął się, mało się nie przewrócił i był już zupełnie zdecydowany zostawić ją na środku sali i uciec, gdy ona uniosła nagle wysoko głowę, była znacznie od niego niższa i powiedziała:

— Widziałam pana na mistrzostwach Warszawy. W finale trzymałam za pana palec i udało się. Proszę podziękować. Nie, nie, nie tak, proszę pocałować w rękę. Pan naprawdę ślicznie gra. A ja lubię mężczyzn, którzy umieją walczyć i zwyciężać.

Henryk poczuł, że nagle opadło z niego wszelkie onieśmielenie. Zrobił lekceważącą minę i wydało mu się, że tańczy znakomicie.

— Ech — powiedział — nie pokazałem niczego nadzwyczajnego. Nie było przeciwnika. Przepraszam, już drugi raz się potknąłem. To dlatego, że miałem małą kontuzję przy hokeju i noga mi trochę nawala.

— Naprawdę, to nic nie szkodzi. Niech mi pan zaufa, że kobiety lubią takich mężczyzn, co to normalnie w życiu wyglądają na niezgrabnych, a w razie potrzeby, to ojojoj.

— Jak pani na imię?

— Wanda. Czy lubi pan poezję?

— Jak można nie lubić poezji? Bez poezji człowiek zmieniłby się w dziką bestię! — zawołał. Nigdy w życiu nie przeczytał żadnego wiersza oprócz tych obowiązkowych na lekcjach polskiego, te zaś piekielnie go nudziły.

she called him a bear. He felt even more clumsy than a bear; he stumbled, nearly fell, and was quite determined to leave her in the middle of the hall and run away, when she suddenly raised her head high—she was considerably shorter than he—and said:

"I saw you at the Warsaw championships. I had my fingers crossed for you in the finals, and it worked out. You should thank me. No, no, not like that; please kiss me on the hand. You really played beautifully. And I like a man who knows how to fight and win."

Henryk felt that suddenly all intimidation had fallen away from him. He made a depreciating expression, and it seemed to him that he was dancing splendidly.

"Oh," he said, "it was nothing really. There was no opponent. Pardon me, that's the second time I stumbled. I had a small contusion at hockey and my leg fails me a bit."

"Don't worry, it doesn't matter. Trust me, a woman likes a man who usually looks awkward, but in case of need, then—my, my, my!"

"What is your name?"

"Wanda. Do you like poetry?"

"How can one not like poetry? Without poetry man would be a savage beast!" he cried out. He had never read a piece of poetry, aside from those necessary for Polish lessons, and these had bored him terribly.

Wanda became thoughtful. For a moment she danced in silence with lowered head, then she raised her head high again, and said with great plainness:

Wanda zamyśliła się. Chwilę tańczyła milcząc z przechyloną głową, potem znowu głowę wysoko uniosła i powiedziała z wielką prostotą:

— Pan to tak ślicznie i mądrze powiedział: „Bez poezji człowiek zmieniłby się w dziką bestię". Ja bym nigdy w życiu nie potrafiła wymyślić czegoś takiego. Którego ze współczesnych poetów najbardziej pan lubi?

— Tuwima — powiedział. To nazwisko często słyszał w domu. Wanda wydała lekki okrzyk i ścisnęła go za rękę.

— Nadzwyczajne. To naprawdę jakiś zbieg okoliczności. Właśnie Tuwim jest moim najukochańszym poetą. A wie pan co? Ja najbardziej lubię Piotra Płaksina.

Zaczęła recytować:

> Na stacji Chandra Unyńska
> Gdzieś w mordobijskim powiecie,
> Telegrafista Piotr Płaksin
> Nie umiał grać na klarnecie...

— Prawda, jakie to piękne?

Henryk nic nie odpowiedział. Zamyślił się. W pierwszej chwili zamierzał oświadczyć, że to i jego najulubieńszy wiersz i że to jeszcze jeden zdumiewający zbieg okoliczności, ale jakoś nie chciało mu się dalej kłamać. Ten wiersz naprawdę mu się spodobał, zrobił na nim wrażenie. Jakiś telegrafista gdzieś tam nie umiał grać na klarnecie, przecież to zupełne głupstwo. A dlaczego robi na nim takie wrażenie? Może to Wanda tak pięknie umie mówić?

"You said that so beautifully and intelligently: 'Without poetry man would be a savage beast.' Never in my life could I have thought up something like that. Which modern poet do you like the best?"

"Tuwim," he said. He had frequently heard that name at home. Wanda let out a faint cry and squeezed his hand.

"Remarkable. This is a real coincidence. Tuwim is my favorite poet. And you know what? I most like 'Peter Whimperer.'"

She began to recite:

> "At the Chandra Unynski station
> Somewhere in a head-bashing district
> The telegraph operator Peter Whimperer
> Did not know how to play the clarinet...

"Isn't that beautiful?"

Henryk did not answer her. He became thoughtful. At first he was ready to declare that it was his favorite poem and that it was one more amazing coincidence, but for some reason he did not want to lie anymore. He did, indeed, like this poem; it made an impression on him. Some telegraph operator did not know how to play the clarinet—why, this was complete nonsense. So why did it make such an impression on him? Perhaps Wanda's recitation was so beautiful?

"Please repeat it," he asked.

— Niech to pani jeszcze raz powtórzy — prosił.

Spojrzała na niego pytająco, niepewna, czy nie zamierza sobie z niej zakpić. Nie znalazła w jego oczach potwierdzenia tej obawy. Chwilę milczała, zamyślona, potem zaczęła mówić wolno, cicho, monotonnie:

> Na stacji Chandra Unyńska
> Gdzieś w mordobijskim powiecie,
> Telegrafista Piotr Płaksin
> Nie umiał grać na klarnecie...

Chwiały się lampiony. W dużych oknach gimnastycznej sali odbijały się kolorowe światła. W ciemnościach za oknami padał śnieg. Henryk lekko drżał, jak drży się w gorączce. Pierwszy raz w życiu obejmował dziewczynę.

Muzyka przestała grać. Zatrzymali się pośrodku sali. Chłopcy i dziewczęta śmieli się, przytupywali, bili brawo, krzyczeli: ,,bis". Orkiestra złożona ze skrzypiec, fortepianu i perkusji zaczęła znów grać. Henryk uniósł ręce. W tej chwili podszedł do nich Stefek Małek. Był to kolega Henryka z tej samej klasy, wesoły chłopak z blond czupryną, którego wszyscy lubili. Ukłonił się przesadnie nisko i powiedział:

— W trosce o twoją kondycję, szanowny mistrzu, czuję się zobowiązany zastąpić cię. Jeżeli będziesz się zbytnio przemęczał i zbyt wiele czasu poświęcał światowym uciechom, możesz nie utrzymać w przyszłym roku tytułu mistrza Warszawy.

She looked at him questioningly, uncertain if he was making fun of her. She did not find confirmation of her fear in his eyes. She was silent a moment, then began to speak slowly, quietly, and methodically:

> "At the Chandra Unynski station
> Somewhere in a head-bashing district
> The telegraph operator Peter Whimperer
> Did not know how to play the clarinet..."

The Chinese lanterns swayed. Colored lights were reflected in the large windows of the gymnasium. In the darkness beyond the windows snow was falling. Henryk trembled a bit, like one trembles in a fever. For the first time in his life he held a girl in his arms.

The music came to an end. They stopped in the middle of the hall. Boys and girls laughed, tapped their feet, applauded, shouted: "Encore!" The orchestra, which consisted of violins, a piano and percussion, started to play again. Henryk raised his hands. At that moment Stefek Malek approached them. He was Henryk's friend from class, a cheerful boy with a blond head of hair, liked by everyone. He made a low, exaggerated bow, and said:

"I'm concerned about your condition, my dear champion, and feel obliged to take your place. If you tire yourself out too much and spend too much time on worldly pleasures, you may not be able to keep the title of champion of Warsaw next year."

Potem skłonił się przed Wandą i nim Henryk zdołał zaprotestować, pociągnął ją do tańca.

Henryk, oszołomiony, stał jeszcze chwilę na środku sali. W przeciągu sekundy pozbawiono go czegoś, co wydawało mu się najistotniejszą wartością ze wszystkich dotąd poznanych. Czuł jeszcze przy sobie dopiero poznane ciepło dziewczęcego ciała. Poezja Tuwima dźwięczała mu w uszach. Nagłe bogactwo i nagła nędza, nagła radość i nagła rozpacz zderzyły się ze sobą w gimnastycznej sali przemienionej światłami i lampionami w salę balową. Za oknami w ciemności padał bezgłośnie śnieg.

Then he bowed before Wanda and, before Henryk could protest, pulled her to dance.

Henryk, stupefied, stood for a moment in the middle of the hall. In the course of a second he had been deprived of something that seemed to him to be the most important thing he had known so far. He still felt the body of a girl near him. The poetry of Tuwim resounded in his ears. Sudden riches and sudden poverty, sudden joy and sudden grief collided with each other in that gymnasium altered into a ballroom with lights and Chinese lanterns. Beyond the windows snow was falling silently in the darkness.

Halina Poświatowska
(Moj Kochany...)

*M*ój kochany zapytał mnie: czy wierzysz w życie po śmierci? Odpowiedziałam: uwierzę, ale tylko wtedy, jeśli róża, która tego wieczoru zakwitła w naszym ogrodzie, pachnieć będzie po zgonie wszystkich swoich płatków. Mój kochany zapytał mnie: czy chcesz pójść do nieba? Zechcę — odpowiedziałam — ale tylko wtedy, jeśli niebo jest ciepłe jak twoje ramiona, przestronne jak twój oddech i dzikie jak pocałunek. Mój kochany zapytał mnie: czy zawsze będziesz mnie kochała? Odpowiedziałam: jeśli wieczność jest chwilą pomiędzy moim sercem pustym a moim sercem wezbranym z miłości, nigdy nie będzie czasu, w którym nie kochałabym ciebie.

Halina Poswiatowska
(My Beloved...)

*M*y beloved asked me: do you believe in life after death? I replied: I will believe in it, but only if that rose which blossomed this evening in our garden will give off its scent after all its petals are gone. My beloved asked me: do you want to go to heaven? "Yes," I answered, "but only if heaven is as warm as your arms, as spacious as your breathing, and as wild as your kisses." My beloved asked me: will you always love me? I replied: if eternity is that moment between my empty heart and my heart filled with love, there will never be a time when I don't love you.

Bilingual Love Poetry from Hippocrene

Treasury of African Love Poems & Proverbs

Treasury of Arabic Love Poems, Quotations & Proverbs

Treasury of Czech Love Poems, Quotations & Proverbs

Treasury of Finnish Love Poems, Quotations & Proverbs

Treasury of French Love Poems, Quotations & Proverbs*

Treasury of German Love Poems, Quotations & Proverbs*

Treasury of Hungarian Love Poems, Quotations & Proverbs*

Treasury of Italian Love Poems, Quotations & Proverbs*

Treasury of Jewish Love Poems, Quotations & Proverbs*

Treasury of Polish Love Poems, Quotations & Proverbs*

Treasury of Roman Love Poems, Quotations & Proverbs

Treasury of Russian Love Poems, Quotations & Proverbs*

Treasury of Spanish Love Poems Quotations & Proverbs*

Treasury of Ukrainian Love Poems, Quotations & Proverbs*

* Also available as an Audio Book

HIPPOCRENE BOOKS, INC.
171 Madison Avenue
New York, NY 10016

Irish Love Poems: Dánta Grá
edited by Paula Redes
This striking collection includes illustrations by Peadar McDaid and poems that span four centuries up to the most modern of poets, Nuala Ni Dhomhnaill, Brendan Kennelly, and Nobel prize winner Seamus Heaney.
146 pages   6 x 9 $17.50hc   0-7818-0396-9   (70)

Scottish Love Poems: A Personal Anthology
edited by Lady Antonia Fraser
Lady Fraser collects the loves and passions of her fellow Scots, from Burns to Aileen Campbell Nye, into a book that will find a way to touch everyone's heart.
253 pages   5½ X 8¼ $14.95pb   0-7818-0406-X   (482)

Treasury of Love Proverbs from Many Lands
This beautifully illustrated multicultural anthology includes over 600 proverbs from all over the world, all on the subject of love.
146 pages   6 x 9 $17.50hc   0-7818-0563-5   (698)

Treasury of Love Quotations from Many Lands
This charmingly illustrated, one-of-a-kind gift volume contains over 500 quotations about love from over 50 countries and languages.
120 pages   6 x 9 $17.50hc   0-7818-0574-0   (673)

All prices subject to change. **TO PURCHASE HIPPOCRENE BOOKS** contact your local bookstore, call   (718) 454-2366, or write to: HIPPOCRENE BOOKS, 171 Madison Avenue, New York, NY 10016. Please enclose check or money order, adding $5.00 shipping (UPS) for the first book and $.50 for each additional book.